DOE JE BEST, CLAUDIA!

D1386682

het zoete boek

Voor meisjes en jongens vanaf 9 jaar

COK GRASHOFF

DOE JE BEST, CLAUDIA!

B.V. UITGEVERSBEDRIJF HET GOEDE BOEK – HUIZEN

VALKENPOCKET
nr. M.J. 339
CLAUDIA SERIE
deel 9

1

Claudia Lommerijk slaakt een verraste uitroep. Voor de deur van het huis waar zij woont, Noordsingel 200 in Rotterdam, staat een jongen van flink postuur. Zijn blonde haar wappert vrolijk in de wind, maar zijn gezicht heeft een ernstige uitdrukking.

„Nee maar, Andries. Hoe kom jij hier?"

„Nou, niet uit de lucht vallen" zegt Andries. „Als je opzij gaat, kan ik binnenkomen. Of mag dat soms niet?"

„Die is goed, Andries! Ik zal me daar mijn eigen neefje niet binnenlaten!" roept Claudia uit.

„Neefje?" vraagt Andries met gefronst voorhoofd.

„Neef dan!" roept Claudia.

Ze gaat Andries voor naar de huiskamer. De huiskamer is leeg, want Claudia's moeder en de kleine Martin zijn in de tuin aan het grasmaaien. Dat betekent dan dat haar moeder achter de maaimachine loopt en telkens bijna over Martin struikelt, omdat het kleine jongetje meent dat hij zich steeds tussen zijn moeder en de maaimachine moet bevinden.

„Zal ik mijn moeder roepen?" vraagt Claudia aan Andries.

„Ik ga de tuin wel in!" biedt Andries aan. „Ja, het is een heel ernstige zaak."

„Is het af, Andries?" vraagt Claudia ondeugend.

„Wat af?" informeert Andries enigszins nors.

„Je verloving met Diana Timmers!" lacht Claudia.

„Verloving? Met die meid van Timmers ben ik nooit verloofd geweest!" roept Andries uit.

Claudia schiet in de lach. Ze vindt het wel grappig dat ze Andries een beetje kwaad kan maken. Diana

Timmers is een meisje dat net als Andries in Wassenaar woont. Haar vader werkt bij de Russische ambassade. Diana Timmers loopt Andries een beetje achterna. Soms is het net of hij niets van haar wil hebben en dan weer is het of hij haar erg aardig vindt. Deze dag neemt hij weer een afwerende houding aan.

,,Trouwens,'' vervolgt Andries oudemannenachtig, ,,op het ogenblik staat mijn hoofd helemaal niet naar die flauwekul!''

,,Wat is er dan, Andries?'' vraagt Claudia, ook een beetje ernstig.

,,Dat vertel ik aan je moeder. Je kunt dan gelijk luisteren. Anders moet ik alles twee keer vertellen en daar slijt mijn keel maar van. Ik heb de laatste tijd toch al zo veel moeten praten, ik ben er bijna schor van.''

,,Daar hoor ik anders niets van, Andries!'' plaagt Claudia.

,,Dat is alleen te danken aan de Vicks hoestbonbons die wij verkopen! Van uitstekende kwaliteit. Uit voorraad leverbaar in onze supermarkt!''

,,Aan mij raak je niets kwijt!'' lacht Claudia en dan huppelt ze het trapje af.

Andries valt er meer af dan hij eraf loopt.

,,Ik ben die snerttrap niet gewend!'' roept hij.

,,Hé!'' roept Claudia's moeder verbaasd, terwijl ze de grasmaaimachine stilzet. ,,Andries, dat is leuk. Kom je ons eens in je vakantie opzoeken?''

,,Maai, maai, maai!'' roept de kleine Martin die het helemaal niet prettig vindt, dat zijn moeder met het maaispelletje ophoudt.

,,Ik heb een boodschap,'' zegt Andries ernstig. ,,Een boodschap van moeder!''

Claudia's moeder schiet in de lach.

6

„Dan kan ik het wel raden, Andries," zegt ze.

„O ja?" vraagt Andries achterdochtig.

„Natuurlijk!" zegt Claudia's moeder. „Je moeder vraagt, of je weer een tijdje bij ons mag logeren. Het is weer vakantie. Jij loopt je maar te vervelen. Het is in de supermarkt erg druk en ze weten bijna geen raad met je!"

„Zo was het vroeger, tante!" zegt Andries. „U praat van vier, vijf, zes jaar terug. De situatie is nu heel anders."

„O ja?" vraagt mevrouw Lommerijk. „Kom je niet logeren?"

„Wat jammer!" zegt Claudia. „Het lijkt me leuk. We zouden naar de Bergse Plas kunnen gaan, roeien en zeilen."

„Ja, en zwemmen en zoenen, ik ken dat wel!" roept Andries uit.

„Zoenen?" vraagt Claudia's moeder verwonderd, terwijl ze Claudia even van opzij aankijkt.

„Zei ik zoenen?" vraagt Andries met een onschuldig gezicht. „Ik bedoel natuurlijk zonnen!"

„Nou, grappenmaker, wat is er aan de hand?" vraagt Claudia's moeder.

„Mijn moeder is gevallen!" zegt Andries, alsof alles daarmee verklaard is. Dan zwijgt hij.

„Heeft ze zich bezeerd?" vraagt Claudia verschrikt.

„Nee!" antwoordt Andries.

„Gelukkig!" zeggen Claudia en haar moeder als uit één mond.

Martin heeft met zijn kleine vingertje intussen de maaimachine aangezet. Er stijgt een grote blauwe rookwolk uit op.

„Hemeltje!" roept Claudia's moeder en schakelt het apparaat weer uit.

„Dus ze heeft zich niet bezeerd!” zegt Claudia.

„Nee en ja!” roept Andries nu.

„Nee en ja?”

Claudia en haar moeder kijken elkaar aan. Wat bedoelt Andries daar nu mee?

„Om kort te gaan,” zegt Andries, alsof hij al een heel lang verhaal heeft afgestoken, „moeder is gevallen, maar ze klemde zich goed vast. Daardoor kwam ze ondersteboven in het trapgat van de kelder te hangen. Met haar hoofd naar beneden. Zo bleef ze hangen en gillen! Ik kwam hard aanlopen en toen ik vlakbij was, liet ze los. Ze rammelde nog wel de trap af, maar ik vloog er achteraan, zodat ik haar val gebroken heb. Dat ze nog leeft, heeft ze misschien wel aan mij te danken!”

Andries kijkt triomfantelijk rond.

„En hoe is het nu met haar?” vraagt mevrouw Lommerijk bezorgd.

„Zo op het eerste gezicht goed!” antwoordt Andries. „Maar als je het mij vraagt is ze weer zwaar zenuwzieknervositeitsoverspannen. Ze roept steeds om Sjaan, u weet wel, dat kindermeisje dat we vroeger gehad hebben. Nou, dat is al een jaar of vijf geleden.”

„Geheugenverlies van de val,” zegt Claudia's moeder. „Dat komt erg veel voor en het gaat vanzelf weer over.”

„Voor mij is moeder zwaar zenuwzieknervositeitsoverspannen,” houdt Andries vol. „Vader heeft op één dag drie keer de melk laten overkoken. Een verschrikkelijke stank! En moeder heeft er niets van gezegd. Ze zei alleen maar: laat Sjaan de vuile boel opruimen. Nou vraag ik je, dan moet ze toch wel ziek zijn? Ze is niet kwaad geworden over de overgekookte melk en ze vraagt om Sjaan.”

„Ach, die arme man," zegt Claudia's moeder. „Je vader is zo gek op koffie en moet hij nu steeds zelf zijn melk koken?"

„Nu vertikt hij het," antwoordt Andries. „Hij houdt het nu bij cognac!"

Claudia en haar moeder schieten in de lach.

„Je overdrijft weer eens, Andries," zegt Claudia.

„En nu kom ik met een boodschap. Eigenlijk niet van moeder, maar van vader," zegt Andries onverstoorbaar.

„Laat maar horen, Andries?" vraagt Claudia's moeder.

„Mag Claudia met me mee naar Wassenaar om in de winkel te helpen? Het is maar voor een week, daarna wordt de winkel gesloten. Verplichte winkelsluiting."

Mevrouw Lommerijk kijkt onderzoekend naar Claudia.

„Is dat wel wat voor je?" vraagt ze. „Heb je zin om in je vakantie in een winkel te gaan helpen?"

„O ja, moeder!" roept Claudia uit. „Ik zou de hele vakantie wel in de winkel van tante Hennie willen helpen. Dat lijkt me dolleuk!"

„Het hoeft maar één week," zegt Andries onverbiddelijk. „Daarna is het verplichte winkelsluiting. Misschien gaat vader wel met vakantie en mag jij mee!"

„Met vakantie?" roept mevrouw Lommerijk verbaasd uit. „En je moeder is ziek!"

„Nou eh... ziek!" antwoordt Andries. „Alleen zwaar zenuwzieknervositeitsoverspannen, ziet u. En als je met vakantie gaat, heb je kans dat je gauw beter wordt. Verandering van lucht, verandering van spijs, de blauwe zee, de koperen ploert boven je hoofd..."

„De *wat* boven je hoofd?" roept mevrouw Lommerijk verbaasd uit.

„De koperen ploert!" herhaalt Andries. „U weet wel, de zon die zo lekker kan branden dat de blaren op je lichaam zwellen!"

Claudia stikt van het lachen. Die Andries kan toch zo enorm overdrijven! Martin heeft intussen weer van de gelegenheid gebruik gemaakt de grasmaaimachine aan te zetten.

„Stouterd!" roept mevrouw Lommerijk bestraffend.

„Martin is nog ondeugender dan ik vroeger was," zegt Andries. „Wat voetzoekertjes afschieten in de paardestal van meneer Balfers. Dat is alles wat ik gedaan heb. En een hamer naar het hoofd van het kindermeisje. Niet eens een echte hamer. Een hamer van het spelletje hamertje-tik! Een licht dingetje. Nou eh... tante. Vindt u het goed?"

„Ik heb geen bezwaar," zegt Claudia's moeder enigszins aarzelend. „Als Claudia's vader het goed vindt!"

„O, pap vindt het vast en zeker goed!" roept Claudia uit, terwijl ze een paar huppelpassen door de tuin maakt. Daarna draait ze zich plotseling om en vraagt aan Andries: „Kun je zien dat ik op ballet ben?"

„Nee!" antwoordt Andries. „Dat kan ik niet zien!"

„Dat klopt dan," zegt Claudia een beetje teleurgesteld. „Ik ben niet op ballet!"

„Kom maar bij ons op ballet in Wassenaar," raadt Andries aan. „Dan kun je lachen!"

„Hebben jullie ook ballet?" vraagt Claudia gretig.

„Ja, waterballet. Vader laat het bad vol lopen, dan gaat hij de krant zitten lezen en vergeet hij het bad. Het bad loopt dan over. Echt waterballet. Gisteren stond de gang blank en mijn moeder maar om Sjaan roepen!"

„Ik hoor het al!" lacht Claudia. „Het is weer net als vroeger!"

2

Claudia en Andries staan op het perron van het Centraal Station in Rotterdam. Andries die Claudia's koffer galant heeft gedragen, zet die even neer en beent op een conducteur af.

,,Is dit de trein naar Parijs?" vraagt Andries.

,,Nee," antwoordt de conducteur. ,,Deze gaat naar Den Haag!"

,,Gelukkig maar," antwoordt Andries, ,,want ik moet naar Den Haag!"

,,Heb je een kaartje?" vraagt de conducteur achterdochtig.

,,Tja, heb ik een kaartje?" herhaalt Andries de vraag van de conducteur.

Hij gaat in al zijn zakken zoeken.

,,Een perronkaartje, is dat voldoende?" vraagt hij.

,,Een kaartje voor Den Haag," zegt de conducteur.

,,Nee," antwoordt Andries. ,,Dat heb ik niet!"

,,Dan zul je een kaartje moeten kopen!" raadt de conducteur aan.

,,Welnee!" roept Andries. ,,Dat hoeft helemaal niet. Dat meisje daar heeft de kaartjes!"

En dan loopt hij lachend naar Claudia toe met een gezicht of hij zojuist een goede daad heeft verricht.

,,Andries, je bent nog net zo ondeugend als vroeger," roept Claudia. ,,Die conducteur was woest!"

,,Ach, ik doe mijn best," zegt Andries. ,,En... ik ben natuurlijk blij, omdat jij met me meegaat."

,,Zeg!" roept Claudia opeens, nadat ze in de trein voor een raam hebben plaatsgenomen. ,,Waarom heb je Diana Timmers, of Jolanda Bleeker niet voor de winkel gevraagd. Die hebben toch zeker ook vakantie?"

„Jawel," antwoordt Andries. „Maar dat kun je zomaar niet doen, hè. Daar krijg je praatjes van. Die meisjes zijn geen familie. Het zijn eigenlijk wildvreemde meisjes. Die kun je toch zo maar niet in de winkel zetten? Nee... daar krijg je last mee. Diana Timmers zou de hele dag op mijn lip zitten. Ik kan geen poot verzetten. Zij wil maar steeds mijn hand vast houden, weet je wel. Enne... als ik er diep over nadenk, vind ik Jolanda Bleeker eigenlijk leuker. Die is sportiever, hè. Als je ziet hoe zij op een paard zit. Geweldig. Een geweldig mooi gezicht!"

„Nou," zegt Claudia. „Ik vind Diana Timmers ook niet onknap!"

„Wie heeft het nu over knap!" roept Andries uit.

„Jij! Jij zegt: een geweldig mooi gezicht! Dat slaat toch zeker op het gezicht van Jolanda Bleeker!" zegt Claudia enigszins opgewonden.

„Welnee. Een geweldig mooi gezicht dat meisje in haar sportieve kleding op een bruin paard! Nee... haar gezicht is beslist niet mooi. Eerder lelijk! Ze heeft een dubbel voorhoofd, peenhaar, knikkerogen, een traliebuik, knotsknieën, twee linkse benen en hallelujatenen!"

Claudia stikt van het lachen. Ze kan niet tot bedaren komen en ze lacht nog als de trein al bijna bij Schiedam is.

„Wat kan jij verschrikkelijk liegen!" weet ze tenslotte uit te brengen. „Diana Timmers en Jolanda Bleeker zijn twee aardige meisjes en ze zien er allebei leuk uit. Je mocht willen dat je met zo'n meisje kon trouwen, Andries!"

„Ik trouw met hen allebei!" biedt Andries gul aan.

„Dat gaat niet, dommerdje!" lacht Claudia met een

13

rood hoofd.

„Na elkaar dan!" zegt Andries.

Dan zet hij een gezicht, alsof hij niet meer over de meisjes wil praten. Hij wijst naar buiten op het station van Schiedam.

„Schiedam," zegt hij. „Daar woont oom Andries, weet je wel, die horlogemaker. Die man die altijd zo woest wordt als er iets wegspringt. De radertjes uit zijn horloges hippen soms weg alsof het vlooien zijn. En oom Andries maar schelden!"

„Die goeie oom Andries," zegt Claudia. „Hij leeft niet eens meer."

„O nee?" vraagt Andries verschrikt.

„Schrik je daar van?" vraagt Claudia. „Je wist het toch wel. Je bent zelf meegegaan met de begrafenis." Nu begint Andries weer te lachen.

„Dat is waar ook," zegt hij. „Floor is toen nog bijna gestikt in een broodje!"

„Het was een toffee," werpt Claudia tegen.

„Nee, een broodje!"

„Die toffee was van oom Jacob. Hij hapte in een toffee en kon toen zijn kunstgebit niet meer van elkaar krijgen!" zegt Claudia.

„Verdraaid! Je hebt gelijk, Claudia. Compliment voor je goede geheugen!"

De trein heeft gauw het station in Den Haag bereikt. De afstand Rotterdam-Den Haag is maar een wipje.

„Zullen we een taxi nemen?" vraagt Andries.

„Gewoon met de bus," stelt Claudia voor. „Dat is goedkoper!"

„Jij je zin!" roept Andries, terwijl hij behendig de stationstrap afwipt. „Het had anders niets gegeven hoor! Vader moet toch alles betalen!"

„Je vader mag me dan wel dankbaar zijn!" zegt Clau-

14

dia. Ze loopt met Andries langs het station naar een groene bus. De bus is nog helemaal leeg, maar de chauffeur zit achter het stuur een boterham uit een papiertje te eten.

Andries gaat voor de bus staan om te zien of het de juiste bus is.

,,Er staat Noordwijk op!'' zegt hij tegen Claudia.

,,En wij moeten naar Wassenaar! Komt er nog een andere bus?'' vraagt Claudia.

,,Nee,'' antwoordt Andries. ,,Deze bus komt door Wassenaar!''

Andries tikt tegen de klapdeuren van de bus. Er klinkt een gesis en dan klappen de deuren open. De chauffeur wijst op zijn brood en dan tikt hij op zijn hoofd.

,,Doofstom?'' vraagt Andries beleefd.

,,Ik zit te eten!'' schreeuwt de buschauffeur.

,,Eet smakelijk dan,'' zegt Andries. ,,Waarom koopt u geen drinken in de *Toko*. Lekker in een kartonnetje met een rietje. Buitengewoon verfrissend!''

,,De *Toko*?'' vraagt de chauffeur enigszins nieuwsgierig. ,,Wat is dat nu weer?''

,,De grootste supermarkt van Wassenaar!'' roept Andries. ,,En ik ben de eigenaar. Dat wil zeggen: mijn vader is de eigenaar. Ik word het.''

,,Als je zo blijft staan, word je overreden!'' zucht de chauffeur, nu een beetje vriendelijker. Hij frommelt het lege papier in elkaar en werpt het in een afvalemmertje. ,,Ik ga vertrekken!'' zegt hij.

,,Claudia, instappen!'' roept Andries. ,,We gaan vertrekken!''

Andries laat Claudia galant instappen en dan volgt hij met haar koffer.

,,Waar is de reis heen?'' vraagt de chauffeur.

16

„Toko, Wavopark!" zegt Andries.

„Daar kom ik niet!" antwoordt de chauffeur.

„Kunt u voor één keertje niet omrijden," vraagt Andries. „Dit is mijn nichtje Claudia, ziet u, en haar koffer is nogal zwaar."

„Geen flauwekul!" roept de chauffeur.

„Goed dan," zegt Andries. „Zet me er dan maar bij de Nachtegaallaan af!"

„Juist, dat is betere taal!" antwoordt de chauffeur.

Zodra Andries de kaartjes in zijn hand heeft, begint de bus met een ruk te rijden De schok is voor Andries zo hevig, dat hij ineens het gangpad doorrent en achterin de bus zit.

„Hé, hé!" roept hij verontwaardigd. „Kan het niet wat kalmer?"

Door het motorlawaai hoort de chauffeur echter niets. Andries gaat met een nors gezicht voorin naast Claudia zitten.

„Wat is er?" vraagt Claudia. „Wat kijk je kwaad?"

„Ik vloog er haast door de achterdeur weer uit," zegt Andries. „Dat was geen prettig gevoel. Je wilt niet lopen, maar je mòet lopen. Net of een ijzeren vuist in je nek geduwd wordt!"

Andries wrijft met zijn hand over zijn nek.

„Vroeger met de tram was het veel leuker," zegt hij even later. „Weet je nog dat vader met de auto onder de tram geraakt is? Het kostte hem een nieuw gebit en hij had zijn hand bezeerd."

„Ja, Andries. Ik weet het nog goed!" antwoordt Claudia, „maar vertel eens. Meen je dat van die vakantie!"

„Het is een geheim!" fluistert Andries. „Je moet het niet verder vertellen, maar ik wil mijn vader zo gek zien te krijgen dat hij met de auto naar Ventimiglia gaat in Italië."

,,Waarom speciaal naar Ventimiglia?" vraagt Claudia. ,,Is het daar zo mooi?"

,,Dat weet ik niet," antwoordt Andries, ,,maar een klant van ons is ziek geworden en wil de kamers die hij in Ventimiglia heeft gehuurd, over doen!"

Claudia schiet in de lach.

,,Is zo iets een vorige keer ook al eens niet gebeurd?" vraagt ze.

,,Toen kwamen we in een tentenkamp terecht, weet je wel. Zou dat nu een goed idee zijn?"

,,Nee, dit is serieus!" antwoordt Andries. ,,Meneer Veulen heeft het prospectus laten zien. Prachtige kamers, met uitzicht op de Middellandse Zee. Het moet mieters zijn. Je zag zo de palmen. En vissersbootjes! Leuk! Vissen op de zee! Hij vertelde dat ze dat vooral 's nachts doen! Met schijnwerpers schijnen ze in het water en dan hebben ze de vissen zo maar voor het oppakken!"

,,Nou," zegt Claudia. ,,Ik moet nog zien, dat je vader daarop ingaat. Het is een heel eind rijden naar Italië!"

,,Vader heeft pas een nieuwe auto en die wil hij inrijden," roept Andries. ,,Nee, hij zal geen bezwaar maken. En voor moeder is het ook gezond. Ze is er dan eens helemaal lekker uit!"

,,We zullen wel zien, hè Andries!" zegt Claudia. ,,Eerst ga ik een week flink in de winkel helpen!"

,,Ja, ik help mee," roept Andries. ,,Dat moet wel, want vader brengt de bestellingen weg met de auto."

,,En de andere meisjes?" vraagt Claudia.

,,Er zijn geen meisjes meer!" fluistert Andries.

,,Wat?" roept Claudia verbaasd uit. ,,Jullie hadden er toch drie?"

18

,,Allemaal weggelopen!'' zegt Andries zacht. ,,Dat is nou zo vreemd bij ons. Vroeger liepen de kindermeisjes weg, omdat ze het niet naar hun zin hadden en nu zijn het de winkelmeisjes. Joost mag weten waarom!''

3

„Zo, hier is Claudia, moeder!" zegt Andries.

Claudia loopt op het bed toe waar tante Hennie in ligt. Die ziet erg bleek. De rode vlekken die zo vaak in haar gezicht optreden, zijn helemaal afwezig.

„Zo tante," zegt Claudia. „Wat heb ik nu gehoord? Bent u gevallen? Gauw weer beter worden, hoor! U hoeft u nergens ongerust over te maken. Ik help wel in de winkel!"

Claudia klopt geruststellend op de hand van tante Hennie die op het witte laken ligt. Oom Leen kijkt vertederd toe.

„Dat is aardig van je, kind!" zegt tante Hennie.

Nu pas bemerkt Claudia iets vreemds in de ogen van haar tante. Het is net of tante Hennie haar niet herkent.

„Is dat het meisje van Gerla?" vraagt tante Hennie aan haar zoon Andries.

„Welnee, moeder!" roept Andries. „Dit is Claudia uit Rotterdam!"

„Hoe kan dat nou," zegt tante Hennie verwijtend. „Dat meisje van Gerla woont hier in het Wavopark. Ze komt altijd de bestellingen doen!"

„Dit is het meisje van Gerla niet, moeder!" roept Andries. „Dit is Claudia. Dat ziet u toch wel?"

„Jij bent het meisje van Gerla, hè?" vraagt tante Hennie aan Claudia. „Ze willen me hier voor de gek houden, maar jij bent het meisje van Gerla, hè?"

„Ja hoor," stelt Claudia haar tante gerust. „Ik ben het meisje van Gerla!"

Tante Hennie zucht opgelucht. Andries kijkt kwaad. Oom Leen werpt Claudia een dankbare blik toe.

„Wat heb je aan dat gebekvecht," zegt hij. „Dat vermoeit maar! Tante mankeert niets. Over een paar dagen heeft ze haar geheugen weer terug en dan is alles weer koek en ei."

„Als het maar geen bedorven ei is!" gromt Andries.

„Het is nu geen tijd om grapjes te maken!" vermaant oom Leen.

„Nee, dat is waar!" geeft Andries toe. „Het is nu tijd om boodschappen in te pakken. Ga je mee, meisje van Gerla?"

Andries geeft zijn nichtje een duw en sleept haar dan mee naar de winkel. Het eerste wat hij daar doet, is op een ladder klimmen en omlaag komen met een doos.

„Dit zijn de fijnste bonbons," zegt hij. „Uit Zwitserland. Moet je eens proeven. Geweldig lekker, joh!"

Andries doet de doos open en houdt de doos bonbons onder Claudia's neus. Claudia aarzelt. Zal ze er één nemen?

„Mag dat nou wel?" vraagt ze.

„Vader vindt alles best," zegt Andries. „Trouwens, je komt toch helpen? Nou, je moet weten wat je verkoopt en daarom moet je overal van proeven!"

„Goed dan," zegt Claudia.

Ze steekt haar hand uit, neemt een mooie bonbon van melkchocolade met een rose hartje van suikergoed erop. Ze stopt de heerlijke bonbon in haar mond.

„Neem jij er geen?" vraagt ze aan Andries, terwijl ze begint te zuigen.

„Nog niet," antwoordt Andries. „Ik wacht even af, of je de bonbon erg lekker vindt. Zo ja, dan neem ik dezelfde. Zo nee, dan neem ik wat anders!"

Plotseling slaakt Claudia een gil.

„Jakkes!" schreeuwt ze.

Het schuim komt ineens op haar mond.
„Wat is er?" vraagt Andries droog. „Word je niet goed?"
Claudia heeft een afschuwelijk smaak in haar mond. Eerst was de bonbon erg lekker en nu proeft ze zeep! Ze heeft haar mond vol zeep! O, wat akelig! Wat gemeen van Andries om er haar zo in te laten lopen!
„Haha!" lacht Andries.
Claudia rent weg naar de badkamer, spuwt daar de bonbon in de badkuip waar hij als een stukje groene zeep blijft liggen. Nog steeds heeft Claudia die vieze zeepsmaak in haar mond. Ze pakt een bekertje en gaat haar mond omspoelen. Pas na het derde bekertje is de zeepsmaak verdwenen. Bah! Ze rilt nu nog bij de gedachte. Een bonbon gevuld met zeep. Eigenlijk een gemene streek van Andries. Dit is niet leuk meer! Maar... ze besluit het niet te laten merken, hoe ze erover denkt. Dan heeft Andries er minder plezier van.
Eerst spoelt ze de overblijfselen van de bonbon weg, dan wandelt ze kalm naar de winkel. Ze ziet dat Andries de doos op de toonbank zet, als ze binnenkomt.
„Erg lekker!" roept Claudia. „Je moet even dooreten, maar dan is het erg lekker. Bijzonder pikant!"
„Ben jij even een fijne verkoopster!" zegt Andries. „Doe je best, Claudia. Als er iemand om fopbonbons vraagt, dan geef je die. Ik heb ze uit een feestartikelenzaak. Die is in de Passage in Den Haag. Je kunt daar erg lachen hoor. Ze hebben leuke maskers en gekke neuzen. Ook rare hoedjes en sigaretten waarvan het net is of ze branden!"
„Moesten er geen boodschappen ingepakt worden," vraagt Claudia, die staat te popelen om met het winkeltje spelen te beginnen.
„Ja, dat is waar ook," antwoordt Andries. „We mo-

gen onze tijd niet verkletsen. Hier heb ik een boodschappenlijstje voor de Russische ambassade. Zullen wij dat samen klaarmaken? Wat zal dat een verrassing zijn voor mijn vader!''

,,Graag,'' zegt Claudia. ,,Moet ik het oplezen en het jou laten halen? Ik weet niet waar alles staat!''

,,Dank je feestelijk!'' roept Andries. ,,Je wilt mij toch het apelazarus niet laten lopen. Nee, eerlijk doen. Samen oplezen en samen halen!''

,,Onder één voorwaarde!''

,,En die is?''

,,Dat je niet van die lelijke woorden gebruikt!''

,,Nee meisje van Gerla!'' antwoordt Andries.

,,Ik begin. Tien flessen wodka. Hé, verkopen jullie die? Daar moet je toch voor in een drankwinkel zijn?''

,,Wij verkopen alles!'' zegt Andries trots.

Samen gaan ze naar de drankafdeling en zoeken de rekken af. Claudia ontdekt de flessen het eerst.

,,Daar!'' wijst ze. ,,Wodka! Waar doen we ze in?''

,,Hier, in dit kistje!'' antwoordt Andries.

De kinderen stoppen tien flessen wodka in het kistje.

,,Verder,'' zegt Claudia. ,,Tien flessen sinaasappelsap!''

,,Hier zijn ze!'' roept Andries.

Hij telt ze af.

,,Verdraaid,'' zegt hij. ,,Het zijn er maar negen!''

,,Is dat erg?'' vraagt Claudia.

,,Natuurlijk!'' antwoordt Andries. ,,Tien is tien! Een schandaal, een supermarkt die niet eens tien flessen sinaasappelsap heeft. De vertegenwoordiger is natuurlijk nog niet geweest. Je kunt nooit van die lui opaan. Weet je wat? Die tiende fles maken we zelf.

24

Een koud kunstje!"

„Hoe dan?"

„Wacht maar af," zegt Andries geheimzinnig. „Even naar de kelder om een lege fles te halen. Als ik niet meer terugkom, bel je dan de brandweer?"

Claudia schiet in de lach. Het is verdraaid gezellig om zo met Andries de bestellingen klaar te maken. Andries heeft in de kelder niet lang nodig. Spoedig duikt er een vrolijk blond hoofd uit het keldergat.

„Hier is een fles!" zegt hij.

„Wat nu?" vraagt Claudia belangstellend.

„Kom maar mee!" zegt Andries.

Claudia volgt Andries naar de keuken. Andries haalt uit een mand een stuk of tien sinaasappelen.

„Als jij die nou doormidden snijdt," zegt hij, „zal ik de pers pakken!"

Nu gaat Claudia een licht op. Andries wil het sinaasappelsap zelf gaan vervaardigen. Dat is leuk! Kijk eens hoe keurig en zorgvuldig hij te werk gaat! Hij heeft de citruspers te voorschijn gehaald en spoelt de delen onder de kraan af. Dan zet hij het toestel in elkaar en steekt de stekker in het stopcontact.

„Klaar?" vraagt hij.

Claudia overhandigt hem telkens een halve sinaasappel en Andries perst die dan zorgvuldig uit. Er is geen kunst aan, alles gaat elektrisch en het sap stroomt in een kannetje, terwijl de pitten op een rooster blijven liggen.

„Liefke, wat doet u?" klinkt de stem van tante Hennie uit de slaapkamer.

Andries legt zijn wijsvinger op zijn lippen om te beduiden dat Claudia haar mond moet houden.

„Ik ben in de keuken aan het werk met het meisje van Gerla!" roept hij. „Is dat goed, moeder? Of heeft u

25

last van ons?"

„Nee liefke, gaat u maar door met het werk!" komt het antwoord van tante Hennie.

„Zie je wel?" fluistert Andries. „Geen vuiltje aan de lucht!"

Als de sinaasappelen die Claudia heeft doorgesneden op zijn, wil ze nog meer sinaasappelen gaan doorsnijden, maar Andries vindt het genoeg. Hij giet de inhoud van de kan over in de fles en de ruimte die overblijft, vult hij op met water. Hij ziet Claudia's verschrikte gezicht en zegt:

„Reken maar dat ons sinaasappelsap het best is. Wat denk je dat ze in de fabriek doen? Misschien een paar sinaasappelen en de rest mengen ze aan met melkpoeder, water en essence. Nee, dit wordt echt Tokosinaasappelsap. De Russen zullen opgetogen zijn!"

Andries duwt een kurk op de fles, maar is dan niet tevreden met het resultaat.

„Azijn!" wijst hij. „Er staat azijn op het etiket. Er hoort een etiket van sinaasappelsap op te zitten. Wacht, in de kelder haal ik een andere fles!"

Als Andries met de lege sinaasappelfles terug is, gaat hij voor Claudia's verbaasde ogen het etiket afweken.

„Waarom gooi je het sap niet in de fles over?" vraagt ze.

„Ik wil er geen knoeiboel van maken," zegt Andries. „Zo gaat het ook!"

Hij heeft gelijk. Het natte etiket wordt over het azijnetiket heengeplakt. De fles sinaasappelsap is nu niet van de echte te onderscheiden, behalve dan... dat er een kurk op zit, terwijl de andere flessen een metalen sluiting hebben, maar ook daar weet Andries raad op. Hij loopt met de fles naar het magazijn, steekt een brander aan, houdt er een stuk zegellak in en laat de lak op de kurk druipen. De fles krijgt nu een mooie rode dop en de kurk verdwijnt onder de glanzende laag rood.

,,Wat zullen die Russen blij zijn!" roept Andries.

4

Oom Leen komt de winkel binnenstuiven. Claudia schrikt ervan. Zou oom Leen kwaad zijn en mogen ze de boodschappen niet klaarmaken?

"Waar zijn jullie mee bezig?" vraagt hij.

"Met de boodschappen voor de Russische ambassade, vader!" antwoordt Andries.

"Die hadden al lang weg moeten zijn!" roept oom Leen. "Ik heb er helemaal niet meer aan gedacht, maar ze hebben vanmiddag een receptie. Meestal zijn die dingen 's avonds, maar dit keer is het 's middags. De ambassadeur van Japan komt ook en de ambassadeur van Indonesië, of de consul, weet ik veel!"

"Over een half uurtje zijn we klaar, vader!" zegt Andries ijverig.

"Nee, nee!" roept oom Leen. "Ga jij met Claudia maar naar het Johannahuis. Die bestellingen zijn al klaar. Ze staan daar in die hoek!"

Claudia en Andries kijken in de aangewezen richting. Ze zien heel wat dozen staan.

"Gaan die allemaal in een bakfiets?" vraagt Claudia verwonderd.

"Jawel!" antwoordt Andries. "Het is een driewieler. Wil jij trappen, Claudia?"

"Ik wil best!" lacht Claudia, maar... zou ik het wel kunnen?"

"Een bakfiets is mannenwerk!" roept oom Leen. "Claudia kan helpen bij het uitladen. Dat vinden die oude vrouwtjes wel aardig!"

"Oude vrouwtjes?" vraagt Claudia.

"Ja, het Johannahuis is een bejaardenhuis, daar wonen alleen oude dames."

„Ik heb er geloof ik vroeger wel eens van gehoord," zegt Claudia, terwijl ze over haar voorhoofd strijkt. „Nou, jongens! Opschieten! Niet langer dralen!" roept oom Leen. „Ik maak de bestelling voor de Russische ambassade af. Die kunnen jullie wegbrengen, als je terug bent."

„Waarom doet u het niet met de wagen?" vraagt Andries.

„In de eerste plaats omdat die zijn eerste beurt moet krijgen en in de tweede plaats omdat ik de winkel nu open moet doen!"

„Goed, vader!" antwoordt Andries gedwee. „Kom Claudia!" Andries gaat voor en Claudia volgt Andries door de vestibule. Buiten staat een grote bakfiets met een bruin zeil erover.

„Dat zeil kan wel weg," zegt Andries. „Het gaat nu toch niet regenen. Het vorig jaar viel de zomer op een donderdag en het is nu weer donderdag. Geen vuiltje aan de lucht!"

Andries slingert het zeil in een hoek. Een kat die daar zat te soezen, schrikt en verdwijnt met een grote sprong.

„Ach, dat arme dier!" roept Claudia uit.

„Geen tijd voor arme dieren," zegt Andries. „Schoteltjes melk moet je vanavond maar aandragen. Nu moet er gewerkt worden!"

„Goed baas!" roept Claudia.

„Zo, inladen!" schreeuwt Andries.

Andries gaat ijverig de dozen en kistjes voor de dames van het Johannahuis in de bakfiets zetten. Claudia helpt hem dapper, maar stiekem neemt zij de kistjes die het lichtst zijn.

Andries maakt er geen aanmerkingen over. Misschien merkt hij er wel niets van, dat Claudia het gemakkelijkste werk uitzoekt?

„Het is niet ver, hè?" vraagt Claudia.

„Vlakbij," zegt Andries. „Alleen de Schouweg af!"
Claudia loopt naast de bakfiets, terwijl Andries
trapt. Andries komt echter met zo' vaart het Wavopark uitzetten dat een auto die op de Schouweg met
een behoorlijk gangetje kwam aanzetten, hard moet
remmen en uitwijken. Vlak voor een boom komt hij
tot stilstand. Woedend komt de chauffeur uit de auto
zetten.

„Stommeling!" schreeuwt hij naar Andries. „Uilskui-
ken!"

„Ja, noem alle dieren uit je dierenpark maar op!"
schreeuwt Andries terug, „maar ik kwam van rechts!"
De man is verbijsterd en kan bijna niets meer uit-
brengen. Hij kijkt naar de dikke eik waartegen hij
zijn wagen te pletter had kunnen rijden. Het beste
wat hij kan doen is weer instappen en zijn reis vervol-
gen.

„Dat was bijna een aanrijding, Andries," zegt Claudia bestraffend. „Je had best wat voorzichtiger kunnen
rijden. En wat ben je brutaal!"

„Moet ik me soms laten uitschelden?" vraagt Andries.

„Nee, dat niet!"

„Kwam ik soms niet van rechts?" vraagt Andries.

„Jawel," antwoordt Claudia. „Je kwam wel van
rechts, maar je had geen voorrang."

„O nee?" vraagt Andries, terwijl hij verwoed door-
trapt.

„Snelverkeer heeft voorrang op langzaam verkeer.
En jij hoort bij het langzame verkeer," zegt Claudia.
Ze heeft de verkeerslessen op de lagere school altijd
goed gevolgd. Haar kun je niets wijsmaken.

30

„Ik ben ook snelverkeer!" schreeuwt Andries. „Kijk eens!"

Hij begint zo hard te trappen, dat Claudia hem nauwelijks bij kan houden.

„Hé, hé, kalm aan!" hijgt Claudia.

„Hoor ik nou bij het langzame verkeer of het snelverkeer?" vraagt Andries.

„Jaja, je hebt gelijk!" geeft Claudia maar toe.

Dan zwenkt Andries plotseling rechtsaf en rijdt bijna een postbode omver die een brievenbus staat te lichten. En weer wordt hij voor een diersoort uitgemaakt. Andries haalt zijn schouders op. Hij schijnt aan een dergelijke behandeling wel gewend geraakt.

„Zo Claudia, ga jij uitladen?" vraagt Andries. „Ik heb niet zo veel met die oude vrouwtjes op. Ze willen me altijd over mijn haar strijken en daar houd ik niet van!"

„Sommige kistjes zijn te zwaar voor me, Andries!" bekent Claudia.

„Goed, goed. Ik help dan wel!"

Samen sjouwen ze de dozen en kistjes naar binnen. Direct stevent er een oud vrouwtje op Andries toe. Ze schijnt geen tanden meer in haar mond te hebben en daardoor lijkt het of haar mond tegen haar neus aan ligt.

„Heb je mijn honingsnoepjes niet vergeten?" vraagt ze aan Andries, terwijl ze hem zacht in zijn zij prikt. Andries begint te lachen.

„Niet kietelen, mevrouw Krab," zegt hij. „Daar kan ik niet tegen. Ja, de honingsnoepjes zijn er bij. Voortreffelijke honingsnoepjes hoor!"

„Toch niet dat soort van de vorige keer, hè?" vraagt het vrouwtje. „Die waren wat scherp. Daar gaat mijn verhemelte van stuk!"

31

„Neenee," antwoordt Andries. „Deze honingsnoepjes heb ik persoonlijk allemaal geproefd. Natuurlijk heb ik de papiertjes er weer om gedaan, zodat u er niets van ziet."

„Hihihi!" lacht het vrouwtje.

Het is een vreemd geluid, net een deur die piept en nodig gesmeerd moet worden.

„Jij bent een grapjas. Daar geloof ik niks van. Hihihi."

Het vrouwtje houdt Claudia een honingsnoepje uit haar kistje voor.

„Neem er maar één, meiske," zegt ze. „Een lekker honingsnoepje!"

Claudia wil bedanken, maar Andries beduidt haar, dat ze er een moet nemen.

„Anders wordt ze kwaad!" fluistert hij haar in het oor.

„Zei je wat, vent?" vraagt het oude vrouwtje.

„Ja, ik zei dat we op moeten schieten. We moeten nog naar de Russische ambassade," roept Andries, terwijl hij Claudia een knipoogje geeft.

„Huh!" roept het vrouwtje. „De Russische ambassade! Is dat niet gevaarlijk voor jullie, kinderen?"

„Welnee!" antwoordt Andries. „Die Russen zijn reuze aardig! Het zijn ook mensen, hoor. En... vrolijke mensen. Ze houden van dansen en zingen..."

„En Stalin heeft vijfentwintig miljoen mensen laten vermoorden," roept het vrouwtje uit.

„Die is al lang dood!" zegt Andries.

„Gelukkig dan maar!" mompelt het vrouwtje.

Ze haalt een honingsnoepje uit het papiertje en stopt het snoepje in haar mond, waarna ze verheerlijkt begint te zuigen.

Andries geeft Claudia een duwtje.

„We gaan weer eens opstappen. Alle boodschappen staan in de vestibule, mevrouw Krab. Wilt u de boodschap doorgeven? Wij hebben geen tijd meer!"

„Ja jongen," mompelt het vrouwtje. „Ga maar naar je Russen. Dag meisje, tot ziens!"

„Dag mevrouw Kreeft!" roept Claudia.

Dan krijgt ze de schrik van haar leven. Die mevrouw heet Krab en niet Kreeft. Het vrouwtje blijkt echter niet van gisteren te zijn.

„Ja, kreeft is lekkerder dan krab hè!" mompelt ze.

Enigszins beschaamd lopen Claudia en Andries samen de poort uit.

„Zou ze kwaad zijn?" vraagt ze aan Andries.

„Mevrouw Krab?" roept Andries uit. „Die kan niet kwaad worden! Een leuk mens, hè? Altijd maar honingsnoepjes sabbelen en op Stalin mopperen, maar kwaad worden is er niet bij."

Claudia mag nu van Andries in de bak gaan zitten.

„Alsjeblieft goed uitkijken, Andries!" waarschuwt Claudia.

„Ook al kom je van rechts! Graag stoppen. Ik wil niet in een ziekenhuis terecht komen!"

Zonder moeilijkheden bereiken ze het Wavopark, waar oom Leen de boodschappen voor de Russische ambassade al op de stoep heeft gezet. Hij helpt zelf nog met het inladen, zodat Claudia en Andries al gauw weer op weg zijn naar de Russische ambassade. Het gebouw van de ambassade staat in een mooi park. Het is door bomen geheel aan het gezicht onttrokken. Wel zie je een kleiner huis, vlak naast een prachtig grasveld staan.

„Dat is het huis van Timmers!" wijst Andries.

Hij drukt op een schel die op een ijzeren traliehek is aangebracht. Een hoofd wordt even later uit een raam gestoken.

,,Diana's vader!'' zegt Andries.

Groot is hun verrassing als Diana Timmers het hek komt open doen.

,,Zo, ben je weer eens aan het logeren?'' vraagt Diana.

Andries wordt rood tot achter zijn oren.

,,Goed dat je er bent, Andries,'' zegt Diana. ,,Ik zou je graag eventjes spreken.

5

Die avond is oom Leen woest. Hij ziet rood van kwaadheid, trapt tegen stoelen en tafelpoten, heeft de krant die hij nog moest lezen verscheurd, smijt met deuren.

Hoe komt oom Leen zo kwaad? Claudia vraagt het zich met angstig kloppend hart af. Ze heeft meneer Timmers in de winkel gezien. Meneer Timmers en oom Leen hebben opgewonden met elkaar staan praten. Oom Leen werd steeds roder en steeds kwader. ,,Dit is een grote schande!" roept hij.

Andries is ervandoor gegaan, toen hij meneer Timmers zag.

,,Ik ga een bad nemen, Claudia," heeft hij gezegd. ,,Dat moet nodig weer eens gebeuren. Van al dat boodschappen bezorgen word je zo stoffig. Ik ga me grondig wassen! Ik ben niet te spreken! De badkamerdeur doe ik op slot. En dan ga ik vroeg naar bed. Ik heb mijn nachtrust nodig. Morgen is het weer vroeg dag!"

En voor Claudia verder nog iets in het midden kan brengen, is Andries verdwenen.

Claudia vermoedt wel de reden van meneer Timmers' komst. Het moet iets met Diana en Andries te maken hebben. Diana schijnt Andries als vaste vriend te willen beschouwen, maar Andries wil ook met Jolanda Bleeker omgaan, omdat hij die tegenwoordig aardiger vindt dan Diana. En nu geeft Diana een feestje. Ze is gauw jarig. Andries is uitgenodigd en ook Claudia. Maar Andries heeft gezegd dat hij alleen wil komen, als Jolanda Bleeker ook uitgenodigd wordt. En Diana wilde Jolanda niet uitnodigen, want ze had juist ruzie met Jolanda. „Dan moet je die ruzie maar bijleggen!" heeft Andries geroepen. „Als Jolanda Bleeker komt, dan kom ik ook. Komt ze niet, dan zie je mij ook niet verschijnen!"

En nu denkt Claudia dat meneer Timmers zijn beklag komt doen over Andries, die zijn dochter niet goed genoeg schijnt te vinden en speciaal met Jolanda Bleeker op het feestje wil verschijnen.

Als oom Leen op het punt staat om een stapel borden te breken die hij net uit de keuken heeft gehaald – waar ze door Claudia zijn afgewassen – vraagt Claudia:

„Wat is er toch, oom? Andries mag toch wel omgaan met wie hij wil? Hij is toch niet met Diana Timmers getrouwd?"

„Dat zou er nog bij moeten komen ook! Met die familie wil ik niets meer te maken hebben! Wat verbeeldt die kerel van een Timmers zich wel?" schreeuwt oom Leen.

„Leen!" klinkt de stem van tante Hennie uit de slaapkamer. „Ga nu niet zo tegen het kindermeisje te keer. Straks loopt het kind ook weg en dan hebben we niet eens iemand meer voor de afwas!"

Oom Leen maakt een gebaar met zijn hoofd, alsof hij zeggen wil: laat die maar praten, die is nog steeds in de war!

„Gaat het over Andries?" vraagt Claudia.

Oom Leen zwijgt en strijkt met zijn vinger over het tafelkleed. Er komen grote plooien in. Dan veegt hij de plooien weer weg.

„Gaat het over Andries en Diana?" vraagt Claudia weer.

Oom Leen blijft zwijgen en krabt met zijn nagel een denkbeeldig vlekje van het tafelkleed.

„Gaat het over Diana die met Andries wil lopen?"
Nu springt oom Leen op.
„Waar heb je het toch over?" roept hij. „Andries en
Diana. Diana en Andries. Diana loopt met Andries.
Andries loopt met Diana. De spuigaten loopt het uit.
Dat is het! Het gaat helemaal niet over Diana of An-
dries. Het gaat over mij!"
„Over u?" roept Claudia uit. „Wat heeft u dan ge-
daan?"
Oom Leen gaat aan de tafel zitten. Hij trekt een ge-
zicht of hij nu alles rustig en beheerst zal gaan uitleg-
gen, maar dan krijgt hij weer een woedeaanval en
sleurt het tafelkleed van de tafel. Het bloemenvaasje
valt om, breekt op de vloer, het water stroomt over
de tafel.
„O!" roept Claudia uit. „Ik zal het vlug opdweilen!"
„Onzin!" zegt oom Leen, nu plotseling kalm. „Het is
schoon water. Dat kan geen kwaad! Luister! Vanmiddag was er een receptie op de Russische ambassade!"
„Ja, daar heb ik van gehoord," zegt Claudia.
„En nu beweert die meneer Timmers dat ons sinaasappelsap naar azijn smaakt. Ze hadden het sap ge-
mengd met de wodka en alles smaakte zuur. Het is een
groot schandaal om dat te durven beweren. Ik verkoop
uitsluitend de beste kwaliteit sinaasappelsap. Verschrikkelijk, hè? Vind je het niet erg, Claudia. Me van
zo iets te beschuldigen? Dat mijn sinaasappelsap naar
azijn smaakt?"
„Dat... dat... dat is heel erg, oom," antwoordt Claudia
terwijl ze bleek wordt.
Ze vindt de beschuldiging van meneer Timmers minder erg dan oom Leen. Ze weet dat meneer Timmers
gelijk heeft. Andries heeft immers zelf sinaasappelsap
klaargemaakt in een lege azijnfles? En zij heeft hem

erbij geholpen. Zij is dus ook schuldig, maar ze weet niet hoe ze het oom Leen aan zijn verstand moet brengen.

„En dat met het sinaasappelsap dat naar azijn smaakt is nog niet alles!" roept oom Leen uit. „Er zijn nog veel ergere beschuldigingen! De ambassadeur van Japan en de ambassadeur van Roemenië hebben een aangeboden bonbon gegeten. Het schuim stond de kerels op de mond. In plaats van een heerlijke zachte vulling zat er zeep in de bonbons. Nou vraag ik je! Is zo'n beschuldiging niet schandelijk? Ik heb de bonbons zelf ingepakt. De beste bonbons uit Zwitserland. Je weet wel, je tante tracteert er altijd op. Heb jij wel eens iets van een zeepsmaak gemerkt?"

De kamer begint voor Claudia te draaien, het zweet breekt haar uit. O, ze weet nu hoe het gegaan is! Andries is de doos met fopbonbons weg vergeten te zetten en oom Leen heeft argeloos een zakje bonbons ingepakt uit de verkeerde doos. Zijn vrouw maakt anders altijd de bestellingen klaar, maar die ligt nu op bed.

„Word je niet goed?" vraagt oom Leen.

„Jaja... het gaat al weer," zegt Claudia.

Ze kijkt haar oom onderzoekend aan. Zal ze het hem zeggen?

„Oom!" fluistert ze. „U moet niet meer kwaad worden en dingen breken, daar kan ik niet tegen. Als u belooft verder kalm te blijven, dan zal ik u alles vertellen!"

„Ik ben kalm!" schreeuwt oom Leen. „Ik ben ontzettend kalm!"

Zijn hoofd is vuurrood en hij kijkt rond alsof hij een voorwerp zoekt om aan gruzelementen te gooien.

„Het sinaasappelsap is door Andries klaargemaakt.

Of eigenlijk door Andries en mij!'' bekent Claudia. ,,We kwamen één fles te kort en Andries heeft bij vergissing een lege azijnfles gebruikt... Of... misschien zat er nog een restje azijn in. In ieder geval is hij vergeten de fles om te spoelen. En wat die bonbons betreft. Dat is uw eigen schuld! U heeft uit de verkeerde doos klaargemaakt. U hebt fopbonbons van Andries ingepakt. Die doos stond boven op een rek in de winkel en hij heeft hem niet teruggezet!''

,,Wat!'' schreeuwt oom Leen.

Hij rent naar de winkel, grijpt een bonbon uit de doos die nog steeds op de toonbank staat en komt ziedend van woede met zeepschuim op zijn mond terug in de kamer. Hij kon Claudia's verhaal niet geloven en wilde de lekkere bonbons zelf proeven. Het resultaat is dat hij nu met een mond vol vies zeepschuim rondloopt. Hij snelt naar de keuken en gaat daar zijn mond omspoelen.

,,Wat voeren jullie toch uit!'' roept tante Hennie uit haar slaapkamer. ,,Ik hoor telkens zo'n lawaai. Als dat zo dooraat, word ik nog zieker!''

Oom Leen begint te gorgelen.

,,Heb je keelpijn?'' roept tante Hennie.

,,Nee!'' roept oom Leen terug. ,,Ik gorgel zo maar, dan zing ik morgenavond beter op de zangvereniging.''

Andries begint in het bad het hoogste lied uit te galmen.

,,Hoor dat kind nu eens heerlijk zingen,'' zegt tante Hennie. ,,Is het geen schat? Liefke, liefke! Niet te lang in het water blijven hoor! Dan week je helemaal uit!''

,,Ik zàl hem dadelijk als hij uit het bad komt,'' schreeuwt oom Leen.

40

„Ik kom niet meer uit het bad!" roept Andries terug. „Ik blijf de hele nacht erin!"

Claudia gaat naar de keuken. Ze tikt oom Leen op zijn rug.

„Hè toe, oom?" vraagt ze. „U hebt me toch beloofd niet kwaad te worden als ik alles eerlijk vertelde."

„Heb ik dat beloofd?" vraagt oom Leen met opgetrokken wenkbrauwen.

„Ja oom!" antwoordt Claudia. „Gaat u nou maar lekker in een stoel zitten en trek uw pantoffels aan. Ik zal een heerlijk kopje thee zetten en kijkt u dan wat naar de televisie. Ik heb net in de gids gekeken. Er gaat een lachfilm!"

„Ja!" zucht oom Leen. „Een lachfilm heb ik nu wel nodig!" Als hij in zijn stoel zit, lui uitgestrekt, begint hij te lachen voor de lachfilm is begonnen.

„Eigenlijk is het te dol!" roept hij uit. „Ik zie die stijve opgeprikte kerels in hun pinguinpakken al met het schuim op hun mond!"

Hij slaat het nog hele plaatselijke avondblad op en legt dan met trillende handen de krant weer neer.

„Incident op de Russische ambassade. Sabotage?" staat er boven een artikel.

„Claudia!" roept oom Leen. „Lees jij dat artikel eens voor me door!"

Claudia leest het stuk.

„Is het ernstig?" vraagt oom Leen. „Word ik gearresteerd?"

„Alles staat erin, oom," zegt Claudia. „Er wordt geschreven over sinaasappelsap, dat azijn is en over bonbons met zeep gevuld en wodka die glycerine blijkt te zijn!"

„Wat zeg je!" schreeuwt oom Leen, weer rood van kwaadheid.

Hij rent naar de telefoon en draait een nummer.
„Timmers!" schreeuwt hij in de hoorn. „Dat neem ik
niet. Die azijnsmaak en die zeepsmaak, dat is nog tot
daaraan toe, maar wodka die glycerine blijkt te zijn!"
Hij luistert en zijn roodheid vermindert.

„Goed, goed. Dus de krant heeft dat zelf verzonnen.
En aan sabotage hebben jullie helemaal niet gedacht?
Tja... dan moet ik wel mijn verontschuldigingen maken. Mijn vrouw is ziek en toen zijn er hier wat
ongelukjes gemaakt. Ik stuur een grote doos bonbons.
De beste! Ik stuur een kist sinaasappelsap! Gratis! Is
het dan weer goed? Ja? Dank je, dank je, beste Timmers. Jaja, Andries komt graag op het feestje. Wat
zeg je? De groeten van Diana? Ik zal het doen!"
Met een zucht van verlichting legt oom Leen de hoorn
op de haak.

„Het is opgelost," zegt hij. „Dit misverstand is uit de
wereld!"

6

„Zit mijn haar zo leuk, Andries?" vraagt Claudia.
Ze draait zich voor de spiegel in haar logeerkamer om en om, maar kan de achterkant van haar hoofd niet goed zien.
„Toe, houd jij die spiegel even vast voor me!"
Andries houdt de spiegel op en Claudia kan een blik werpen op haar achterhoofd.
„Het is in orde!" mompelt ze.
„Het lijkt wel of we getrouwd zijn," zegt Andries.
„Vader moet moeders ritssluiting ook altijd vastmaken!"
„Maar jij maakt mijn ritssluiting toch niet vast!" roept Claudia verontwaardigd. „Ik heb niet eens een ritssluiting!"
„Nee, maar wel knoopjes!" antwoordt Andries, terwijl hij het bovenste knoopje in Claudia's nek vastmaakt. „Dat zat nog los, Claudia!"
„Dank je, Andries!" mompelt Claudia.
„We zijn klaar voor het feest," zegt Andries. „Als Jolanda Bleeker er niet is, dan maak ik rechtsomkeert!"
„Nu niet flauw doen, Andries," zegt Claudia. „Stel je voor dat Jolanda ziek is!"
„Nee, beslist niet!" roept Andries. „Ik blijf niet alleen met Diana Timmers. Geen haar op mijn hoofd die daaraan denkt!"
„Al denken je haren er niet aan, daarom kun jij er wel aan denken," vindt Claudia.
„Zullen we opstappen?" vraagt Andries. „Heen gaan we lopen. Na afloop komt vader ons halen. We hebben maar op te bellen!"

,,En als het laat wordt?"
,,Dan bellen we hem het bed uit. Niets erg! Hij rekent erop!"
Welgemoed stappen Claudia en Andries het Wavo-park uit, lopen het stukje Schouweg af, slaan de Nachtegaallaan in en gaan dan linksaf naar de Konijnenlaan. Een zachte regen begint te vallen. Andries steekt vliegensvlug een paraplu op. Het is een merkwaardige paraplu.
,,Volautomatisch!" beweert Andries.
Hij drukt op een knop en de paraplu floept uit.
,,Dank je, Andries!" zegt Claudia. ,,Ik zou het jammer vinden als mijn haar nat werd. En de pakjes niet te vergeten!"
Claudia klemt de cadeautjes voor Diana tegen zich aan. Nog een klein stukje lopen en ze bevinden zich weer voor het bekende ijzeren hek. Andries drukt lang op de bel. Het is net of zijn vinger op het knopje zit vastgeplakt. Pas als Diana Timmers komt aanrennen, laat hij de knop los.
,,Wat bel jij lang!" roept Diana Timmers.
,,Ik dacht zo: die bel moet een hele afstand overbruggen," zegt Andries. ,,Is Jolanda Bleeker er al?"
Diana's gezicht betrekt. Ze vindt het niet aardig dat op haar verjaardag direct naar Jolanda Bleeker wordt geïnformeerd. Alsof die jarig is.
,,Nog niet," antwoordt ze, ,,want jullie zijn wat vroeg. Jolanda Bleeker zal zo wel komen. Er is pas één bezoeker: Joop de Vos."
,,Hé, die ken ik!" mompelt Andries. ,,Die heb ik geloof ik al eens ontmoet."
Binnen worden ze aan Joop de Vos voorgesteld. Andries blijkt in de war te zijn met een jongen die net eender heet. Deze Joop de Vos heeft hij nog nooit

ontmoet. De jongen heeft rood haar, sproeten op een bleek vel en twee vooruitstekende tanden die steeds uit zijn mond hangen, ook als hij zijn mond dicht doet.

„Leuk als je van die konijnetanden hebt," fluistert Andries Claudia in het oor.

Claudia proest in een klein zakdoekje.

„Zijn jullie een stel?" vraagt Joop de Vos nuffig, terwijl hij zijn duimen tussen zijn grijze fantasievestje steekt.

„Een wat?" vraagt Claudia verbaasd.

„Een stel!" herhaalt Joop de Vos.

„Bedoel je broer en zus?" vraagt Claudia.

„Een stel! Gewoon een stel!"

„We zijn neef en nicht!" zegt Andries. „Als dat je gerust kan stellen!"

„Het is maar dat ik het weet," zegt Joop de Vos. „Jullie hebben dus toch geen verkering. Het is maar goed dat ik dat weet."

„En waarom wil je dat zo graag weten?" vraagt Claudia.

„Voor de spelletjes straks," antwoordt Joop de Vos enigszins ontwijkend. „Ze hebben me al eens geslagen, omdat ik iemand zoende die verkering had!"

Claudia wordt vuurrood. Ze fluistert Andries in zijn oor dat zij niet door die knul met die vooruitstekende tanden gezoend wil worden. Andries stelt haar gerust en belooft dat dit niet zal gebeuren. Claudia kan op zijn vuisten vertrouwen!

Al spoedig wordt het heel druk en gezellig. Er arriveren tal van meisjes. In de eerste plaats Jolanda Bleeker.

„Dag!" zegt ze tegen Andries.

Ze steekt haar hand uit.

GOOSSENS

Andries drukt die en krijgt een kleur. Ook Jolanda Bleeker bloost. Diana Timmers wordt wit.

„Kom mee," zegt ze tegen Jolanda Bleeker, „dan zal ik je mijn cadeautjes laten zien."

Verder zijn er: Ineke Versteeg, een lang blond meisje met een vriendelijk gezicht, Anja Kloos, ook al blond, maar minder lang dan Ineke Versteeg, Annette Dam een heel klein meisje met een kuiltje in haar kin dat een prachtig cadeau aan Diana Timmers geeft: een groene map met mooi gekleurd postpapier.

Er zijn ook jongens: Bert Heida, een jongen met een intelligent gezicht die met opgeheven hoofd rond-stapt, alsof hij de kleintjes niet wil zien. Barend Smits, een wat bleke jongen met stoppelhaar in geweldig vlotte kleding. Peter Geuts, eveneens met stoppel-haar, maar in kort, witte broek. Hij spreekt ver-schrikkelijk deftig.

„Ja," zegt hij. „Ik ban nat wezan tannissen. Ik had geen tijd meer om me te verkleden, zag. Ik hoop dat het jullie niet onaangenaam is, zag lui!"

„Helemaal niet erg hoor, Peter!" roept Diana Tim-mers.

Peter Geuts duwt Diana wat in haar hand.

„Hier, je cadeautje," zegt hij.

Iedereen kijkt verbaasd als Diana een tennisbal om-hoog houdt.

„Mek, mek," roept Peter Geuts, „wat een verschut-ting, zag. Ik grijp me daar in mijn verkeerde zak. Geef die bal maar terug, zag!"

Diana geeft de bal weer aan Peter Geuts en nu ont-vangt ze een mooi zakkammetje in etui.

„Hartelijk dank, Peter," zegt ze blozend.

„Vreselijk graag gedaan!" antwoordt Peter Geuts, terwijl hij een kleine buiging maakt.

„Komen jullie, jongelui!" roept mevrouw Timmers.
De gasten begeven zich naar de tafel waar een grote taart staat ter ere van Diana's verjaardag.
„Zonde om op te eten!" vindt Annette Dam.
„Het mes moet erin!" roept Andries.
„Ik lust wel wat!" roept Joop de Vos.
„Een klein puntje maar!" roept Anja Kloos.
„Ik moet om mijn lijn denken," zegt Ineke Versteeg.
„Loop jij nog aan een lijn?" informeert Andries.
„Ben jij soms een hond? Dan mag je wel voor die vos daar oppassen! Of is het net andersom. Is een vos bang van een hond?"
„Dat weet ik niet hoor, grapjas," lacht Ineke Versteeg. „Maak jij maar grapjes met Jolanda Bleeker. Je loopt toch met Jolanda Bleeker? Dat heeft ze me zelf verteld!"
„Andries loopt met mij!" roept Diana Timmers met een hoogrode kleur.
„Kinderen, kinderen, wat is dat nu!" zegt mevrouw Timmers. „Ruzie maken op Diana's verjaardag wie met wie loopt? Het is nog lang zo ver niet. Straks bij de polonaise moeten jullie briefjes trekken, dan pas zie je met wie je loopt. Je mag dus niet kiezen!"
„Dat mens begrijpt er niets van!" fluistert Andries in Claudia's oor.
„Die twee staan steeds te smoezen," zegt Joop de Vos. „Praat eens hardop, Andries, dan kunnen we allemaal lachen."
„Er was eens een olifant en die had een splinter in z'n poot," begint Andries.
Een oorverdovend gejuich maakt hem het spreken verder onmogelijk. De grote taart is doorgesneden en Diana krijgt de eerste punt op haar schoteltje. Dan volgen de andere punten in een snel tempo. En voor

Andries beseft wat er gebeurt, heeft hij zijn mond al vol slagroom en cake en wil hij niet eens meer vertellen over een olifant met een splinter in z'n poot.

Glaasjes vruchtenlimonade verhogen de gezelligheid. Je kunt kiezen uit sinaasappel, ananas, bessen, grapefruit!

,,Geeft u mij maar grapefruit!'' roept Peter Geuts. ,,Daar word ik zo ontzettend grappig en fruitig van, mek, mek!''

,,Waarom zeg jij toch steeds mek mek!'' roept Bert Heida. ,,Je lijkt wel een geit!''

,,En jij lijkt op een bok, je hebt horens op je kop!'' De verontwaardigde Bert Heida tast naar z'n hoofd.

,,Hé, je hebt ze afgeschoren. Ook toevallig!'' roept Peter Geuts, terwijl hij een enorme hap van zijn taart neemt.

,,Wat is het gezellig, hè!'' roept Barend Smits. ,,Gaan we ook spelletjes doen?''

,,Natuulijk!'' roept Jolanda Bleeker. ,,Daar zijn we immers voor gekomen!''

Ze kijkt met een liefdevolle blik naar Andries.

,,Een-twee-drie-vier-vijf-zes-zeven!'' zegt ze dan. ,,Dat is zo'n enig spel!''

7

De meisjes en jongens stellen zich in een rij op en meneer en mevrouw Timmers trekken zich in een aangrenzende kamer terug, omdat Diana gezegd heeft, dat het niet leuk is bij een partijtje als ze zo op hun vingers worden gekeken. De gasten zijn het ermee eens, dus zwichten Diana's ouders voor het overwicht en gaan in de andere kamer naar de televisie kijken. Er is toevallig een show met een goede goochelaar en daar zijn meneer en mevrouw Timmers gek op.

„Wie gaat er in het midden?" vraagt Diana Timmers.

„De jarige mag in het midden!" roept Jolanda Bleeker.
Diana kijkt haar vriendin dankbaar aan.

„Ogen dicht!" wordt er geroepen.

„Ik was niet anders van plan!" zegt Diana Timmers.
Claudia Lommerijk kijkt vol belangstelling toe. Ze kent dit spelletje niet. Trouwens, ze kan zich de tijd niet heugen dat ze op een kinderpartijtje is geweest. Vroeger op de Bergweg gaf ze wel eens feestjes, maar dat is al weer heel lang geleden.

Diana Timmers sluit haar ogen, steekt haar rechterarm uit en richt haar wijsvinger op Bert Heida, die toevallig tegenover haar staat.

Nu beginnen de anderen een versje te zingen, terwijl Diana Timmers rond gaat draaien met haar ogen dicht en uitgestoken arm.

Een-twee-drie-vier-vijf-zes-zeven,
ik wil jou een zoentje geven!

Als het liedje uit is, wordt er „halt" geroepen. Diana

Timmers mag haar ogen opendoen en kijken wie ze heeft aangewezen. Het blijkt Andries te zijn. Diana Timmers bloost. Andries blijft op zijn plaats genageld staan.

,,Vooruit, Andries!'' roept Bert Heida. ,,In de kring! Met je rug tegen Diana aan! Wij tellen tot drie! Bij drie draaien Diana en jij gelijk, het hoofd om. Als jullie je hoofd naar elkaar toe draaien, moet jullie elkaar een zoentje geven, anders gaat het opnieuw!'' De aanwezigen maken zich gereed om te tellen.

,,Ja!'' roept Jolanda Bleeker met schelle stem.

,,Eén, twee, drie!'' wordt er geroepen.

Claudia's hart bonst van opwinding.

Andries draait zijn hoofd naar rechts.

Diana Timmers draait haar hoofd naar rechts.

,,Mis!'' wordt er geroepen.

Doordat Diana en Andries met hun ruggen tegen elkaar staan, hebben ze hun hoofden van elkaar afgewend, als ze beiden naar rechts draaien.

Andries keert opgelucht naar zijn plaats terug, maar Diana Timmers is teleurgesteld. Het is duidelijk aan haar gezicht te zien. Ze ziet zelfs een beetje bleek, terwijl ze eerst van die blozende wangen had.

Weer moet Diana haar ogen sluiten en haar arm uitsteken. Opnieuw wordt het versje gezongen.

Een- twee-drie-vier-vijf-zes-zeven,
ik wil jou een zoentje geven!

Claudia Lommerijk wordt aangewezen.

Claudia Lommerijk doet een stap in de kring. Ze wil met haar rug tegen de rug van Diana Timmers gaan staan, zoals ze dat van Andries heeft gezien.

,,Nee, nee, dat is niet eerlijk!'' wordt er geroepen.

„Maar Diana heeft mij aangewezen!” zegt Claudia Lommerijk enigszins verontwaardigd, want zij vindt dat er wel eerlijk gespeeld wordt.

„Geen meissies met meissies!” zegt Joop de Vos naast haar.

„De eerste jongen naast Claudia moet de kring in!” beslist Barend Smits, de jongen met het stoppelhaar.

„Zo hoort het!”

„Barend heeft gelijk!” wordt er geroepen.

„Dan moet Joop de Vos de kring in!” zegt Peter Geuts. „Die staat vlak naast Claudia. Succes, keral!”

Joop de Vos veegt met de rug van zijn hand zijn mond af en gaat tegen Diana's rug aanstaan. Diana denkt met angstig kloppend hart: alsjeblieft, kijk niet dezelfde kant op als ik, Joop! Ik zou me aan je tanden kunnen bezeren! Joop de Vos denkt: O, ik hoop dat Diana, dat schatje, dezelfde kant opkijkt als ik. Zo'n prachtige kans krijg ik niet weer!

„Eén, twee, drie!" wordt er geteld.

Diana draait haar hoofd naar rechts.

Joop draait zijn hoofd naar links.

„Hoera!" wordt er geschreeuwd.

Nu zal er gezoend moeten worden!

Ze kijken allemaal met de grootste belangstelling toe, hoe Joop en Diana het eraf zullen brengen. Joop tuit zijn mond naar voren en maakt een slurpgeluid Diana trekt een gezicht of ze terug zal deinzen en het is net of ze haar lippen naar binnen zuigt.

Dan geeft Joop de Vos Diana een gulzige zoen die halverwege tussen haar neus en haar mond terecht komt.

„Au! Je bijt me!" roept Diana, maar dat blijkt een grapje van haar te zijn. Ze is opgelucht dat de zoen enigszins mislukt is.

Nu mag Joop de Vos in de kring staan. Joop de Vos sluit zijn ogen, nadat hij smekend heeft geroepen:

„Mag ik niet een kleine beetje kijken!"

„Nee!" wordt er gejoeld.

En dan draait hij al weer in het rond.

> Een-twee-drie-vier-vijf-zes-zeven,
> ik wil jou een zoentje geven!

Claudia wordt aangewezen!

Vrolijk lachend stapt ze de kring in en tuit haar lippen.

„Héhé! Niet vals spelen!" schreeuwt Bert Heida. „Met je rug tegen Joop de Vos!"

Claudia schaamt zich een beetje over de vergissing. Het is net of ze Joop de Vos zo graag een zoen wil geven. Dat is helemaal niet waar. Ze wil alleen sportief zijn en het spelletje vlot meespelen. Wie niet van die zoenspelletjes gediend is, moet er niet aan mee

54

doen. En eigenlijk is het een heel leuk spelletje. Je kunt je een beetje verheugen op de jongens van wie je wel een zoentje wil krijgen en een beetje griezelen omdat je er van bepaalde jongens geen wilt hebben!
„Ruggen tegen elkaar, zag. Mek, mek!" schreeuwt Peter Geuts.
Claudia drukt haar rug tegen die van Joop de Vos.
„Eén, twee, drie!"
Claudia draait haar hoofd naar rechts.
Joop de Vos draait zijn hoofd naar links.
Zijn zoen komt op Claudia's neus terecht. De jongen is toch nog wat verlegen, maar Claudia heeft het gevoel of hij haar neus wil ophappen. Ze is blij als ze weer in de kring staat en voorzichtig kan tasten of haar neus onbeschadigd uit de zoen te voorschijn is gekomen.
Eindelijk staat Andries in het midden en het geluk is werkelijk met hem. Jolanda Bleeker wordt door hem aangewezen en mag ook in de kring komen.
„Eén, twee, drie!"
Jolanda Bleeker draait haar hoofd met de lange blonde manen naar links, Andries draait zijn hoofd naar rechts. Het blonde haar van Jolanda strijkt over zijn wangen.
„Ja!" wordt er juichend geroepen.

Andries draait zich helemaal naar Jolanda. Hij steekt zijn armen uit en pakt haar stevig beet, alsof hij bang is dat Jolanda weg zal lopen. Jolanda Bleeker denkt daar echter helemaal niet aan. Ze leunt zwaar in de armen van Andries en hij moet enige kracht zetten om haar overeind te houden. Dan buigt hij zich voorover en zijn mond vindt met gemak de mond van Jolanda, doordat ze die naar hem opsteekt. Het wordt een prachtige kus.

,,Héééééééh!" roepen de toeschouwers langgerekt.

Het is net of ze naar vuurwerk staan te kijken, 's zomers op donderdagavond in Scheveningen en de prachtige gekleurde bollen en sterren hun bewondering afdwingen.

Jolanda en Andries zijn helemaal weg. Net als Andries denkt: zo is het genoeg, zoent Jolanda hem weer. En als Jolanda denkt: nu ophouden, het wordt te gek, begint Andries weer.

,,Mek, mek!" roept Peter Geuts. ,,Zo is het wel genoeg lui! Hoera! De verloving kunnen we zeker wel vieren. Mek, mek!"

Blozend gaat Jolanda Bleeker naar haar plaats terug, maar door de anderen wordt ze naar de kring terugverwezen, want het is de beurt van Andries terug te gaan.

Andries en Jolanda blijken opeens geen lust meer te hebben om het spel voort te zetten.

,,Geen wonder!" roept Annette Dam. ,,Jullie hebben voor de hele avond genoeg gezoend. Jullie bederven het voor een ander!"

Ineke Versteeg en Anja Kloos voelen meer voor dansen.

,,Dansen!" roepen ze. ,,Jullie hebben toch wel hippe muziek, Diana!"

Diana Timmers knikt en snelt naar de grammofoon. Oorverdovende beatmuziek klinkt door de kamer. Vader en moeder Timmers trekken verschrikt hun hoofd in, kijken wanhopig naar de televisie, waar ze niets meer van verstaan en schijnen te overwegen of ze maar niet naar bed zullen gaan, of een eindje in de tuin wandelen. Ze besluiten echter rustig te blijven zitten en de muziek over zich heen te laten gaan. Straks kunnen ze altijd nog watjes in hun oren stoppen, als het te erg wordt.

Anja Kloos danst al hoofd aan hoofd met Bert Heida, Ineke Versteeg doet hetzelfde met Barend Smits.

Claudia wordt gevraagd door Peter Geuts.

,,Ik kan geloof ik niet goed dansen,'' zegt Claudia.

,,Het gaat vanzelf!'' zegt Peter Geuts.

En hij blijkt gelijk te hebben. Dansen is zo gemakkelijk! Je legt je hoofd tegen het hoofd van een jongen en wiebelt van je ene been op je andere.

Claudia vergeet alles om zich heen. Ze danst en danst, hoort de muziek in haar oren dreunen en waant zich in de zevende hemel.

8

„Ik zit met mijn handen in het haar," zegt oom Leen wanhopig. „Je helpt wel erg goed, Claudia! En ook Andries doet zijn best, maar de zaak loopt zo in het honderd. We kunnen het werk niet aan!"
„Zal ik Diana Timmers en Jolanda Bleeker voor u vragen oom?" stelt Claudia voor. „Die hebben ook vakantie en ze vinden het misschien erg leuk in een supermarkt te helpen."
„Zou je denken?" vraagt oom Leen peinzend. „Gaan die meiden in hun vakantie niet liever paard rijden?"
„Helpen in een winkel is ook leuk," zegt Claudia. „Ik doe het toch ook?"
„Ja, jij!" antwoordt oom Leen.
Hij doet net of Claudia een heel bijzonder meisje is, dat je niet kunt vergelijken met andere meisjes.
„Zal ik voor u opbellen?" vraagt Claudia.
„Nou... eh... heel graag!" antwoordt oom Leen na enige aarzeling.
Claudia heeft het heel gauw voor elkaar. Het duurt niet lang of gelijk met de eerste klanten stappen Diana Timmers en Jolanda Bleeker in vrolijke gebloemde zomerjaponnetjes de winkel binnen.
„O jee!" roept Andries. „Ik denk dat ik maar een bad ga nemen!"
Oom Leen grijpt Andries echter bij zijn haren en zegt:
„Jij gaat de lege flessen naar de kelder brengen en dan verder de kelder opruimen. Het is daar zo'n bende dat je puddingpoeder niet meer van zeeppoeder kan onderscheiden!"
„Goed vader," antwoordt Andries gedwee. „Maar

eh... willen jullie eerst een lekker bonbonnetje, Diana
en Jolanda?"

,,Laat dat maar uit je hoofd!" roept oom Leen.

Hij heft zijn hand op, net of híj Andries een tik wil
geven. Jolanda en Diana denken eraan dat tante
Hennie toch veel guller is. Die gaat altijd met bonbonnetjes rond en hier misgunt Andries' vader ze
hun.

,,Zal ik je helpen met opruimen, Andries?" stelt Jolanda Bleeker voor.

,,Ja graag!" roept Andries.

,,Nee!" zegt Diana Timmers met enigszins schelle
stem. ,,Dan zal er van opruimen niet veel komen.
Trouwens, Claudia heeft door de telefoon gezegd dat
we in de winkel mochten helpen. Dat lijkt ons wel
leuk, maar met kelders aanvegen houden we ons niet
op. We zijn geen werksters!"

,,Nee, dat is waar!" roept Andries. ,,Ik ben geen
werkster! Moet ik nou heus naar de kelder, vader?"

Oom Leen heft zijn hand op en in een wip is Andries
verdwenen.

Jolanda en Diana krijgen de witte jassen van de weggelopen meisjes en gelukkig zitten de jassen tamelijk
goed. Diana die slanker is dan Jolanda staat de witte
jas het best. Ook Claudia ziet er leuk uit in haar
werkkleding.

Ze lopen de grote zaak een paar maal door en nemen
goed in zich op waar de verschillende artikelen staan.
Dan verdelen ze de zaak in drie stukken en elk neemt
zo'n gedeelte voor zijn rekening. Eigenlijk is het niet
erg moeilijk. Ze moeten de klanten de weg wijzen als
die iets niet gauw kunnen vinden. Ook moeten ze
erop letten dat de klanten de artikelen in de speciale
mandjes of wagentjes leggen en niet in hun eigen tas

stoppen, want dat zou allerlei moeilijkheden geven bij het afrekenen. Oom Leen zit aan de kassa en rekent de boodschappen af. Andries rammelt beneden in de kelder.

Tegen half elf stelt Claudia voor een kopje koffie te zetten.

,,Kun jij dat?'' vraagt oom Leen opgetogen.

,,O... jawel, oom!'' roept Claudia. ,,Geen kunst aan!''

Ze wipt weg de gang door naar de keuken. Als ze in de keuken is, bedenkt ze zich. Ze zal aan tante Hennie gaan vragen of die soms ook wat wil gebruiken.

,,Tante Hennie!'' roept ze.

Tante Hennie slaapt echter en daarom loopt Claudia op haar tenen de slaapkamer uit. Als ze bij de deur gekomen is, hoort ze een stem. Het is de stem van tante Hennie. De stem klinkt tamelijk krachtig.

,,Claudia, wat doe jij hier?''

Claudia draait zich met een ruk om. Ze wordt door tante Hennie niet langer het meisje van Gerla genoemd. Tante Hennie moet dus een stuk beter zijn.

,,Ik logeer hier, tante. Ik help in de winkel!''

Tante Hennie spert haar ogen verbaasd open.

,,Help jij in de winkel? En logeer jij hier? Waarom weet ik daar niets van.''

Tante Hennie maakt een beweging alsof ze op wil staan, maar Claudia schiet toe en duwt haar tante achterover. Daarna tracht Claudia haar toe te dekken. Dit is allemaal tegen de wensen van tante Hennie.

,,Ik heb me zeker verslapen,'' zegt ze. ,,Maar nu sta ik toch gauw op!''

,,Maar u bent ziek, tante!'' roept Claudia uit.

,,Ik? Ziek? Hoe kom je daar nu bij!''

Het gezicht van tante Hennie drukt de grootste verwondering uit.

„Jaja, tante. U bent gevallen!”

Tante Hennie schiet in de lach.

„Ik? Een gevallen meisje? Haha, hoe haal je het in de hoofd! Ik sta op. Niemand kan me tegen houden!”

Tante Hennie komt met een ruk overeind, werpt de dekens helemaal van zich af, spert haar mond open en begint te zingen.

„Mi-mi-mi!” zingt ze als een zangeres die aan het oefenen is. Als ze ziet dat Claudia haar met grote ogen staat aan te kijken, zegt ze:

„Ja, meisje. Je tante is op een zangvereninging, wist je dat nog niet? Binnenkort hebben we een uitvoering!”

Dan kijkt tante Hennie op de klok.

„Wat?” roept ze verschrikt uit. „Is het al over half elf? Hoe is dat nu mogelijk!”

Ze rent langs de verblufte Claudia heen de keuken in. Claudia volgt haar. Tante Hennie gaat direct naar de koelkast, pakt er een karton melk uit, scheurt het open en doet de melk in een kan. Dan grijpt ze de bus met koffie, schudt koffiebonen in een wandmolen en begint te malen.

„Die man moet z'n koffie hebben!” zegt ze. „Daar krijg ik anders de grootste last mee!”

„Maar u bent ziek, tante!” waagt Claudia een laatste poging.

„Ziek? Ik? Hoor eens: mi-mi-mi! Noem je dat ziek?”

Tante Hennie kijkt in de spiegel en roept uit:

„Hemeltje, ik mag wel eens naar de kapper. De volgende week moeten we met vakantie. Ventimiglia. Aan de Middellandse Zee. Lui in de zon liggen! Hè, jammer dat ik zo slecht tegen de zon kan. Ik krijg er allemaal rode vlekken van in m'n gezicht!”

Tante Hennie gaat voort met koffie zetten, kijkt dan

62

Claudia van opzij aan en mompelt:
„Maar wat jij hier doet, begrijp ik nog steeds niet!"
„Ik logeer hier tante, omdat u ziek bent!"
„Ziek?" roept tante verontwaardigd. „Dat is nu wel
afgelopen, hè? Ik ben niet ziek!"
Ze begint een aria te zingen uit de opera La Bohème,
terwijl ze het water op de koffie giet. Claudia kan
niets anders doen dan werkeloos toezien. Wel zet ze
de kopjes klaar en ze legt de lepeltjes ernaast.
„Nu mag jij de koffie inschenken, Claudia. Kun je
dat?"
„O jawel, tante," antwoordt Claudia wat benepen.
Dit is toch wel al te gek. Ze is naar de keuken gegaan
om koffie te zetten. Nu komt tante Hennie plotseling
op, neemt het leuke werkje van haar af en vraagt dan
nog onderzoekend of ze koffie in kan schenken.
Tante Hennie wipt even naar de slaapkamer en komt
in een mooie gebloemde ochtendjas terug.
„Kopjes op het blad, tante?" vraagt Claudia.
„Ja, zet ze er maar op."
„Ik breng ze wel weg, tante!"
„Geen sprake van. Stel je voor dat je morst. Nee, dat
doe ik zelf!"
Tante Hennie loopt als een trotse pauw met het blad
door de gang. Claudia doet de winkeldeur voor haar
open. Oom Leen klemt zijn hand van schrik aan de
kassa als hij tante Hennie met het blad koffie ziet
binnenkomen. Hij springt overeind, wil haar opvan-
gen en naar bed dragen. Dit alles is echter helemaal
niet nodig. Tante Hennie zet de kopjes neer en kijkt
dan onderzoekend in de winkel rond.
„Nieuwe meisjes?" vraagt ze verbaasd. „Hè? Diana
Timmers, dat aardige kind! En Jolanda Bleeker! Hoe
komen jullie hier verzeild!"

,,U was ziek mevrouw en daarom zijn we komen helpen!''

,,Ziek?'' roept tante Hennie weer uit. ,,Moet ik steeds dat zelfde smoesje aanhoren?''

,,Claudia zei dat u ziek was!'' verdedigt Diana Timmers zich.

,,Ja, dat klopt!'' zegt tante Hennie. ,,Maar daarin vergist ze zich. Ze zal het wel van die man gehoord hebben!''

Tante Hennie wijst op oom Leen die nog steeds zijn hand staat te wrijven.

,,Die man heeft wel meer van die grapjes! Maar eh... zeg Leen. Waar zijn de meisjes?''

,,De meisjes zijn weggelopen. Toen je ziek was, was het hun te veel!''

Tante Hennie slaat met haar vuist op een toonbank, de kopjes rinkelen en een torentje doosjes met theebuiltjes stort in.

,,Nu begrijp ik het wat erachter zit. Die man beweert dat ik ziek ben! Wie ziek is kan niet met vakantie, niet waar? Dat is een truc van hem. We zouden naar Ventimiglia gaan, maar hij heeft geen zin. Daarom zegt die man dat ik ziek ben, dan hoeft hij niet. Een zieke kan immers niet op reis. Maar ik zeg je: ik ben niet ziek!''

Claudia, Jolanda, Diana en ook oom Leen weten niet wat ze hiervan zeggen moeten.

,,U bent heel gevaarlijk gevallen, mevrouw,'' zegt een klant die naderbij komt en van de situatie op de hoogte is.

,,Probeert u onze sardientjes eens, mevrouw Van Dipte!'' raadt tante Hennie de klant aan. ,,U gaat immers kamperen? Heel gemakkelijk zo'n blik sardientjes. Heerlijk voor op brood. Ja, wij gaan ook met vakantie! Naar Ventimiglia. O, ik verheug me er zo op!''

9

De nieuwe auto van oom Leen rijdt voorop, als het ware om de weg te wijzen. Tante Hennie zit naast oom Leen. Achterin de wagen zitten Claudia en Andries. Op de nieuwe Citroën van oom Leen volgt een Opel Kadett van meneer Timmers. Daarin zitten behalve meneer Timmers en zijn vrouw Diana en Jolanda Bleeker die ook van de partij zijn.

De familie Timmers had al een kamer in Ventimiglia besproken en oom Leen heeft zijn kamer van een personeelslid van de Russische ambassade overgenomen.

,,Vakantie, vakantie!'' zingt tante Hennie opgetogen.

,,Mens, het is nog in het holst van de nacht!'' zegt oom Leen geeuwend. ,,Wie op dit onzalige idee is gekomen om 's nachts te rijden, weet ik niet!''

,,Dat was je zelf, lieverd!'' roept tante Hennie. ,,Je zei: 's nachts is het stil op de wegen, dan kunnen we lekker opschieten!''

,,Jij je zin!'' gromt oom Leen.

,,Als iedereen er zo over denkt, is het 's nachts nog druk, tante!'' roept Claudia.

,,Als jij je nou flink met Diana Timmers bezighoudt,'' zegt Andries, ,,dan kan ik zo nu en dan eens met Jolanda Bleeker gaan zwemmen, of wandelen.''

,,Ja, doe dat maar, Claudia!'' roept tante Hennie. ,,Ga jij maar veel met Jolanda Bleeker zwemmen en wandelen, dan kan Andries wat meer omgaan met Diana Timmers. Hij vindt Diana zo'n aardig meisje en wil zo graag met haar praten!''

,,Onzin,'' zegt Claudia. ,,Niet flauw zijn, Andries. We blijven met ons viertjes bij elkaar!''

„Heb je het gehoord, Ampie!" roept tante Hennie. „Claudia wil het niet! Ach ja, het is misschien maar beter als jullie bij elkaar blijven!"

„Jij mag niet eens Italië in," zegt Andries plagerig tegen Claudia. „Jij hebt geen pas!"

„Laat je toch niet op stang jagen, Claudia!" roept oom Leen, wiens goede humeur langzamerhand aan het opkomen is.

„Je vader heeft je pas immers opgestuurd!"

„Ik weet wel dat hij maar plaagt," zegt Claudia.

„Nou gaat het nog misten ook!" mompelt oom Leen. Hij kijkt in zijn achteruitkijkspiegel en ziet dat de wagen van de familie Timmers dichter achter hem is komen te rijden.

„Trap eens even op de rem, vader!" stelt Andries voor. „Dan kun je lachen!"

„Maar dan vliegt die auto bovenop de onze!" zegt Claudia.

„Nou, dat is toch zeker leuk? Dan zitten Jolanda en Diana gelijk bij ons. Zeg eh... moeder, kunt u niet bij Timmers in de auto, dan kunnen Jolanda en Diana bij ons."

„O nee!" roept tante Hennie. „Ik blijf bij mijn mannetje, hè Leen?"

„Dat weet ik niet!" antwoordt oom Leen goedgemutst.

„Weet jij dat niet!" roept tante Hennie een beetje kwaad uit.

„Hoe kan ik dat nou weten? Trouwens, als je zin hebt om uit te stappen, ga je gang maar!"

Tante Hennie tuurt rechts uit het raam.

„Het mist niet meer," zegt ze. „En het wordt al licht!"

„Het zal tijd worden!" roept oom Leen. „Ik verlang naar mijn koffie!"

66

Even over de Belgische grens wordt er voor een café gestopt. Ze stappen uit. Andries gaat direct met hoog opgetrokken knieën rondrennen.

„De benen strekken, anders worden ze zo stijf!" roept hij.

Hij rent regelrecht naar de auto van de familie Timmers, grijpt Jolanda bij haar armen en sleept haar een eindje met zich mee. Claudia wandelt langzaam naar Diana Timmers.

„Heb jij geen slaap meer?" vraagt Claudia.

„Moet je nou eens kijken," zegt Diana Timmers met een hoge stem, terwijl ze naar Andries en Jolanda wijst, „daar gaat mijn beste vriendin er met mijn vriend vandoor. Dat is toch niet aardig, vind je wel? Kijk eens, ze zijn aan het stoeien!"

„Och, laat hem maar!" neemt Claudia het voor haar neef op. „Hij is door het dolle heen, omdat hij met vakantie gaat. Straks zit hij bij ons en het is weer net als vroeger."

„Zou je denken?" vraagt Diana enigszins blij.

„O ja! Zullen we ook naar binnen gaan?"

De familie Timmers en tante Hennie en oom Leen zijn al binnen en kijken verlangend rond in het lege café.

„Allemaal koffie!" roept oom Leen.

„Vier?" wordt er gevraagd.

„Acht!" antwoordt oom Leen.

„Gezellig dat u ook naar Ventimiglia gaat," zegt tante Hennie. „Toevallig eigenlijk, hè?"

„Zo'n toeval is het niet," antwoordt meneer Timmers, terwijl hij een dikke sigaar van oom Leen aanneemt, „wij hadden de kamers gehuurd voor personeel van de ambassade, maar... er is iets tussen gekomen."

„Gelukkig dan maar," zegt tante Hennie.

„Pardon?" vraagt meneer Timmers.

„Nou, anders zaten wij hier niet."

„Nee, dat is waar," lacht meneer Timmers. „Hahaha!"

Jolanda Bleeker en Andries komen hand in hand binnen stappen.

„Dat begint al vroeg!" wijst oom Leen.

„Ja, Jolanda is wat bang in het donker," roept Andries, „daarom houd ik haar maar bij de hand."

„Ja, zo eng," zegt Jolanda Bleeker, „daarnet zagen we een rat wegschieten. Huh, wat akelig!"

„Maar waarom gaan jullie dan naar ratten kijken?" vraagt tante Hennie. „Kom toch gezellig bij ons zitten. Claudia en Diana zitten er toch ook al. We hebben koffie besteld!"

„Ik heb liever cola!" zegt Andries.

„U krijgt koffie, liefke!" zegt tante Hennie met nadruk tegen haar zoon.

„Ja, koffie!" roept Jolanda Bleeker. „Lekker! Ze beweren dat ze die in Italië helemaal zwart drinken. Is dat waar, mevrouw."

„Ach," antwoordt tante Hennie. „Er wordt zoveel gekletst. Ze zeggen dat in Italië de vrouwen niet alleen op straat kunnen lopen. Nou, dat wil ik wel eens zien. In ieder geval ga ik wel alleen op straat lopen!"

Een dikke vrouw brengt een blad met grote koppen. De koppen zet ze een voor een met een klap voor de familie Timmers, tante Hennie en oom Leen, Claudia, Jolanda en Diana neer. Andries krijgt het laatste zijn koffie. Door de klap schiet de koffie wat over het schoteltje.

„O, daar kan ik straks mijn voeten in wassen!" roept hij. „Koffie met een voetbad."

De dikke vrouw lacht wat en legt grote lepels naast de kopjes. Verder komt er een kan warme melk en een schaal met klontjes suiker op de tafel.

,,Net paplepels!" zegt Claudia.

,,En klontjes voor de hele manege van meneer Balfers!" roept Andries.

,,Zeg, zouden we ook paard kunnen rijden langs het strand?" vraagt Jolanda. ,,Dat lijkt me toch zo gezellig, rijden over het Italiaanse strand!"

,,Ja, op Italiaanse paarden!" roept Andries. ,,Zouden die je verstaan?"

,,Er zijn daar toch geen kwallen, hè?" vraagt tante Hennie.

,,Nee, wel zeeëgels, tante!" zegt Claudia. ,,Weet je nog, Andries?"

,,Nou, houd daarover op!" roept Andries.

,,Wat is er met die zeeëgels,.Andries?" vraagt Diana Timmers, terwijl ze met de grote lepel in haar koffie roert.

,,Dat zijn beesten die zitten tussen de rotsen. En als je daar loopt, trap je op die dieren. Hun stekels breken af en die krijg je dan in je poten!"

,,Héhé!" roept tante Hennie. ,,Denkt u een beetje om uw woorden?"

,,Ja, moe!" antwoordt Andries braaf.

,,Een dokter heeft de naalden uit Andries' voeten moeten halen," lacht Claudia. ,,Hij scheeuwde moord en brand!"

,,Heb maar niet zo'n praats," zegt Andries. ,,Anders vertel ik aan Diana en Jolanda dat jij door de politie bent opgebracht!"

,,Waar is dat gebeurd?" vraagt Diana Timmers nieuwsgierig.

,,In Nice!" zegt Andries. ,,We hadden gestolen en dat

mag daar niet eens. Nou vraag ik je, flauw hè? Geluk-kig zagen de agenten gauw genoeg in dat we helemaal geen dieven waren en toen hebben ze ons weer vrij gelaten."

„O, we hebben toen zo in angst gezeten, mevrouw Timmers," roept tante Hennie, terwijl ze met een angstig gezicht naar haar koffie kijkt.

„Dit is geen koffie," beweert oom Leen. „Dit is gootwater!"

„Zouden ze dit niet van echte koffie maken?" vraagt Claudia.

„Van gepofte gort!" zegt Andries.

„Ik houd erg van koffie," zegt oom Leen, „maar dit is niet om te drinken!"

„Nee, vader. Om weg te gooien!" roept Andries.

Jolanda, Diana en Claudia stikken van het lachen.

„Zonde van de melk," zegt tante Hennie. „Kijk eens, een kan vol en nog gloeiend heet. En dan al die sui-ker!"

„Ik krijg een idee!" roept oom Leen. „Ga je mee, Claudia?"

Oom Leen springt op en verlaat haastig het café, Claudia volgt.

„Je moet me even helpen," zegt oom Leen als ze buiten zijn. „Jij hebt toch geholpen met inpakken."

„Ik heb de blikjes ingepakt, oom," antwoordt Clau-dia. „De rest heeft tante Hennie gedaan. Maar... de blikjes heb ik zelf uit de winkel gehaald. Tante Hennie heeft een lijstje gemaakt."

„Juist," zegt oom Leen.

Intussen hebben ze de auto bereikt en oom Leen maakt de koffer open.

De bagageruimte staat vol koffers en tassen.

„Waar zitten de potjes koffie in?" vraagt oom Leen.

Claudia hoeft niet lang na te denken.

,,In die rode tas!" wijst ze.

Oom Leen haalt de tas uit de wagen, trekt de ritssluiting open. In een ommezien heeft hij een potje koffie gevonden. Hij stopt het in Claudia's handen.

,,Hier," zegt hij. ,,Ga jij dat maar binnen brengen. Intussen sluit ik de boel weer af!"

10

Oom Leen is dwars door België gereden en heeft zo de Autobahn in Duitsland bereikt. Het is daar een drukte van belang. De zon brandt fel op de auto, tante Hennie hangt hijgend achterover in haar fauteuil en probeert zich koelte toe te wuiven met haar zakdoek. Andries en Claudia slapen en schrikken wakker als de wagen een schok krijgt. Oom Leen heeft plotseling even op de rem getrapt.

,,Die sufferd haalt rechts in!'' roept oom Leen verontwaardigd uit.

,,Raak niet onder de tram, vader!'' zegt Andries slaapdronken.

Dan slaat hij zijn ogen op en beseft hij waar hij is.

,,Zal ik eens rijden!'' stelt hij voor.

,,Ja, oom!'' roept Claudia. ,,Laat Andries rijden. Weet u nog dat hij de jeep bestuurde? Hij was geweldig!''

,,Daar komt niets van in!'' zegt oom Leen.

,,Moeten we niet een stukje eten?'' vraagt tante Hennie. ,,Het is al drie uur geworden!''

,,Nu rijd ik door tot we er zijn,'' zegt oom Leen verbeten.

,,Waar?'' schrikt tante Hennie op. ,,Helemaal in Italië?''

,,Ben je betoeterd!'' roept oom Leen.

,,Dat is geen taal voor je vrouw, Leen!'' zegt tante Hennie verontwaardigd.

,,Ik heb het niet tegen jou,'' zegt oom Leen tussen zijn tanden door. ,,Die kerel gaat daar inhalen, terwijl hijzelf ingehaald wordt!''

,,Ik zei: we moeten gaan eten!'' roept tante Hennie.

„Hoor je me, Leen!"

„Jaja, ik hoor je!" antwoordt oom Leen. „Ik rijd door tot Weil. Daar slapen we in Hotel Schloss. Ik heb het nagekeken!"

„Ik heb het niet over slapen, ik heb het over eten," zegt tante Hennie eigenwijs.

„Ja, oom!" helpt Claudia haar tante. „Gaan we eten? Mijn maag begint te rammelen!"

„Ik dacht al, wat hoor ik toch!" roept Andries uit. „Net of er iemand op zijn tanden zit te knarsen!"

„Dat is vader!" zegt tante Hennie. „Dat doet hij met zijn gebit!"

„We eten ook in het hotel," zegt oom Leen onverstoorbaar.

„In een hotel kun je niet eten," beweert tante Hennie eigenwijs.

„Alleen als er een restaurant bij is, hè?" vraagt Claudia.

„Er *is* een restaurant bij!" roept oom Leen. „Lig toch niet te zeuren!"

„O, ik zeg al niets meer!" roept tante Hennie.

„Heerlijk rustig!" zegt oom Leen.

„Wat bedoel je daarmee?" stuift tante Hennie op.

„En je zou niets meer zeggen?" herhaalt oom Leen.

„Wat bedoel je ermee!" dringt tante Hennie aan.

„Dat weet ik zelf niet!" zegt oom Leen sussend.

„Claudia, zing eens wat!" roept tante Hennie opeens uit. „Dan vergeet ik mijn honger. Die man laat je gewoon verhongeren. Als hij eenmaal achter het stuur zit, weet hij van tijd noch duur. En die arme famililie Timmers maar achter ons aanrijden. Die man zal ook wel doodop zijn!"

„Met hem hoef je geen medelijden te hebben!" roept oom Leen. „Heb het liever met mij!"

73

Claudia gaat wat schoolliedjes zingen en Andries stemt met haar in. Alleen is het net of hij telkens een andere melodie zingt. Wel dezelfde woorden, maar een andere melodie.

Andries kan de wijs niet goed houden.

Tante Hennie luistert met gesloten ogen en wiegt zo nu en dan haar hoofd heen en weer. Het gezang van Claudia vindt ze prachtig en de valse noten van Andries schijnen haar niet te storen.

„Jij moet meedoen in San Remo!" zegt tante Hennie, als Claudia is uitgezongen. „Daar is immers het song-festival."

„Soms!" mompelt oom Leen. „Niet altijd!"

„Jij moet naar San Remo!" houdt tante Hennie vol. „Misschien win je wel een prijs, Claudia!"

„Lig toch niet te zeuren!" roept oom Leen. „Misschien is er nu geen festival!"

„Dat kan me niet schelen!" roept tante Hennie terug. „Als er geen festival is, dan organiseer ik een festival en dan mag Claudia daar optreden. De Italianen zijn gek op zingen. Ik heb direct alle medewerking van iedereen!"

„Je mag blij zijn als je nog Italianen tegenkomt," zegt oom Leen spottend. „Het krioelt in die plaatsen aan de kust van Duitsers, Fransen, Engelsen."

„Fransen, oom," vraagt Claudia. „Die hebben toch zelf zo'n mooie Rivièra?"

„Italië is goedkoper, ook voor de Fransen," beweert oom Leen. „Daarom komen er veel Fransen."

„Hoe weet jij dat eigenlijk?" vraagt tante Hennie onderzoekend.

Oom Leen ontwijkt handig een rokende Trabant die plotseling gaat inhalen, steekt zijn vuist op en roept: „Dat heb ik van Timmers!"

74

„Met de devaluatie van de franc is het misschien niet zo goedkoop meer voor de Fransen," zegt Andries.

„Hoe weet jij dat?" vraagt tante Hennie vol bewondering aan haar zoon.

„Van mevrouw De Gaulle!" antwoordt Andries.

Claudia schiet in de lach.

„Zijn we er haast, oom?" vraagt ze.

„Nog enkele minuutjes, dan zijn we in Weil!" beweert oom Leen.

En werkelijk. Even later passeren ze een geel bord waarop staat: Weil am Rhein. Nu wordt het echter moeilijk. Waar is het Hotel Schloss te vinden?

Oom Leen stopt en vraagt in zijn beste Duits naar het Hotel Schloss. Een bereidwillige vrouw gaat het hem met veel armgezwaai uitleggen. Telkens verstaan ze het woord *Ampel!* Daar schijnt iets mee aan de hand te zijn. Eindelijk knikt oom Leen, dat hij het begrepen heeft, hoewel hij er niets van heeft begrepen.

Hij rijdt weg, nagewuifd door de behulpzame vrouw.

„Jij spreekt toch Duits, Leen?" vraagt tante Hennie.

„Dan heb je die vrouw toch wel verstaan?"

„Ze gebruikt allemaal andere woorden dan ik gebruik," zegt oom Leen. „Ampel, wat is dat nou?"

„Dat moet jij weten, Claudia," zegt tante Hennie.

„Jij leert op school toch Duist?"

„Ampel is een standbeeld," zegt Claudia op goed geluk.

„Dan weet ik het!" roept oom Leen. „Bij een standbeeld rechtsaf, dan zijn we in het Hotel Schloss. Het stikt in Duitsland van de standbeelden!"

Hij begint een vrolijk deuntje te fluiten en kijkt goed uit naar een standbeeld. Ze passeren verkeerslichten en dan zijn ze opeens Weil uit. Links en rechts zijn weilanden. Oom Leen trapt op de rem en tante Hennie vliegt haast door de voorruit.

„Hé!" roept ze. „Kun je niet waarschuwen!"

„Zat je te slapen?" informeert oom Leen.

„Wat nu?" vraagt Claudia.

„Keren!" zegt oom Leen.

„U mag niet keren op een autoweg, vader!" roept Andries.

„Ik keer hier!" zegt oom Leen onverbiddelijk. „En bovendien is het hier geen autoweg! Kijk daar eens!" Oom Leen wijst. In de verte komt een koe aanwandelen, doodkalm, helemaal alleen.

„Heerlijk die landelijkheid!" roept tante Hennie uit.

„Jawel!" zegt oom Leen. „Maar waar is het hotel? Ampel is beslist geen standbeeld, Claudia. We zijn geen enkel standbeeld gepasseerd. Ik heb goed opgelet."

„O, o, wat heb je weer goed opgelet!" zegt tante Hennie in haar wiek geschoten, omdat haar man helemaal geen oog heeft voor de heerlijke natuur. „En waarom zijn we dan nog niet in ons hotel?"

„Omdat jij geen Duits verstaat!" zegt oom Leen nijdig. „En niet weet wat Ampel is!"

„Nou nog mooier!" roept tante Hennie uit.

Oom Leen zet de auto langs de stoeprand neer, springt uit de wagen en loopt een papierwinkel binnen. Buiten hangen tijdschriften met mooie meisjes buitenop in gekleurde badpakken.

„Gaat die man nu van die tijdschriften kopen met die blote meisjes erop?" vraagt tante Hennie een beetje verontwaardigd. „En dat terwijl we nog niet eens te eten hebben gehad?"

„Oom Leen zal honger hebben," zegt Claudia.

„Haha, die is goed!" roept Andries. „De menseneter uit Wassenaar!"

76

Streng kijkt tante Hennie naar de winkeldeur waar oom Leen weer verschijnt. Hij heeft geen tijdschriften onder zijn arm. Hij heeft zo op het oog niets gekocht.

,,Misschien een postzegel!'' veronderstelt Andries.

,,Een Duitse postzegel voor mijn verzameling!''

,,Ampel is verkeerslicht!'' roept oom Leen, terwijl hij weer achter het stuur gaat zitten. ,,Ik heb het even gevraagd!''

,,Dus bij het verkeerslicht rechtsaf, oom!'' roept Claudia.

,,Daarnet zijn we verkeerslichten gepasseerd!''

,,Jawel, maar we zijn gedraaid, Claudia,'' zegt oom Leen. ,,Dus nu moeten we linksaf!''

,,Dat is waar, wat dom van me,'' zegt Claudia een beetje onthutst.

,,Ach, kindje, iedereen maakt wel eens een fout!'' zegt tante Hennie vrolijk.

Ze is blij dat ze nu spoedig in het hotel zullen zijn. Oom Leen slaat bij de verkeerslichten linksaf en controleert of de familie Timmers zijn auto volgt. Ja, dat is het geval.

,,Hotel Schloss!'' schreeuwt Andries, als hij in de verte een uithangbord ziet.

Oom Leen draait zijn wagen het parkeerterrein op. De wagen van de familie Timmers volgt. Dan gaan de portieren open en wankelend van vermoeidheid stappen Diana, Jolanda en mevrouw Timmers uit. Ook meneer Timmers loopt met knikkende knieën.

,,Hè,'' zegt hij. ,,Dat was een hele ruk!''

,,En nu lekker eten!'' roept oom Leen. ,,Ik val aan, volg mij!''

11

De volgende morgen zijn ze allemaal niet zo uitgeslapen als ze gehoopt hebben. Tante Hennie zit met blauwe kringen om haar ogen aan tafel en ook mevrouw Timmers gaapt onophoudelijk.

Oom Leen schenkt welgemoed zijn koffie in. Tante Hennie kijkt met enige afgunst naar hem.

,,Die man heeft nergens last van,'' zegt ze. ,,Die ligt heel de nacht te snurken!''

,,Het is verschrikkelijk geweest, Claudia!'' fluistert Andries. ,,Vader heeft vannacht het hele hotel afgebroken. Elke muur is door hem doorgezaagd. Iedereen is wakker geweest!''

,,Ik heb goed geslapen!'' zegt meneer Timmers.

,,Ook zo'n zager!'' fluistert Claudia achter haar hand.

,,Ze hadden de kamer naast de onze, hè Jolanda? Jolanda zegt: wat hoor ik toch? Is hier een houtzagerij in de buurt?''

,,Ja,'' fluistert Jolanda. ,,En we hoorden ook een muis piepen. O, wat griezelig!''

,,Dat was mijn moeder,'' zegt Diana. ,,Die piept heel zacht als ze slaapt. Ik heb er niets van gehoord, want ik ben eraan gewend.''

Jolanda, Diana en Claudia zitten wat te giechelen, terwijl Andries lekker zit te smikkelen.

,,Het brood is hier veel lekkerder dan thuis, moeder!'' roept hij.

,,In Duitsland hebben ze wel tachtig soorten brood!'' beweert oom Leen. ,,Kom daar bij ons eens om!''

Tante Hennie luistert niet naar al die gesprekken.

,,Ik heb geen oog dicht gedaan!'' vertrouwt ze mevrouw Timmers toe.

„O nee?" vraagt die enigszins verbaasd. „In het begin kon ik niet in slaap komen, maar later ging het wel. Alleen werd ik om half vier al wakker door een haan die kraaide. En om kwart voor vier kraaide hij weer en om vier uur nog eens!"

„Zeker een klokhaan!" roept Andries. „Dat spaart een bimbamklok uit!"

„Het was afschuwelijk!" zegt tante Hennie. „Het bed kraakte zo akelig en toen ben ik opgestaan om een paar aspirientjes in te nemen, want ik had een barstende hoofdpijn!"

„Ach!" vraagt mevrouw Timmers. „En hoe is het nu met u?"

„De hoofdpijn is weg, maar nu heb ik een dof gevoel!"

„Hè, wat akelig!" antwoordt mevrouw Timmers.

„Na de aspirientjes kreeg ik last van mijn maag," vervolgt tante Hennie. „Ik heb toen een paar tabletjes ingenomen maar... ik kon de slaap niet vatten. Daarna ben ik slaappillen gaan slikken. Eerst twee. Toen dat niet hielp heb ik na een half uurtje nog een pil genomen. En nu heb ik zo'n afschuwelijke slaap. Hè, ik zou zo kunnen slapen!"

Tante Hennie maakt een beweging of ze haar hoofd op haar ontbijtbord wil leggen.

„Sterke koffie!" roept oom Leen. „Sterke koffie, dat helpt, vrouw."

Oom Leen is uitgeslapen en vrolijk.

„Zullen we wat in de frisse lucht gaan wandelen?" stelt Claudia voor.

Jolanda en Andries kijken elkaar aan.

„Ja, wandelen!" zegt Jolanda.

„Daar komt niets van in!" roept oom Leen. „We hebben nog een lange reis voor de boeg, we gaan

79

vertrekken!"

"Nu al?" vraagt tante Hennie. "En ik heb nog niets gegeten."

"Eet dan wat!" raadt oom Leen haar aan.

"Nee," zegt tante Hennie. "Ik heb geen trek!"

"Dan niet!" antwoordt oom Leen. "Kom!" vermaant hij.

Tante Hennie kijkt eerst links en dan rechts. Ze wil weten of andere gasten op haar letten. De andere gasten zijn echter druk aan het eten en kijken strak naar de hapjes die ze in hun mond steken.

Dan neemt tante Hennie een servet, legt er een boterham op, besmeert die met boter, legt er een plak kaas op, pakt het servet dicht en laat het pakje in haar tas glijden.

"Zo," zegt ze. "Dat is voor onderweg!"

Oom Leen haalt zijn schouders op en gaat afrekenen.

"Waar gaan we nu heen, oom?" vraagt Claudia.

"Zwitserland in!" roept oom Leen welgemoed.

"O nee, Leen, niet door Zwitserland!" zegt tante Hennie. "Die akelige hoge bergen, die steile afgronden, en ik heb toch al zo'n dof gevoel in mijn hoofd."

"Geen wonder, je eet pillen alsof het ijspepermuntjes zijn!" lacht oom Leen. "Je zult toch Zwitserland door moeten, kindje. Op een andere manier kunnen we Italië niet bereiken!"

"Zet mij dan maar op de trein!" roept tante Hennie. "Ik kan niet tegen bergen."

"Maar de trein gaat ook door de bergen, tante!" zegt Claudia.

"Treinen rijden door dalen!" beweert tante Hennie. "En als ze door bergen moeten, gaan ze door tunnels. Dat heb ik in de Panorama gelezen!"

"Het valt misschien wel mee, tante! Zal ik spelletjes

met u gaan doen, dan let u niet zo erg op buiten!"
"Goed kind!" antwoordt tante Hennie.
Ze is blij dat haar nichtje zo bezorgd voor haar is.
"Ik zie ik zie, wat u niet ziet!" zegt Claudia. "Ik zie rood!"
"Vaders neus!" schreeuwt Andries.
"Houd je grapjes voor je!" roept oom Leen.
"De strikjes van je staartjes," zegt tante Hennie.
"Mis!" roept Claudia.
Tante Hennie noemt nog verschillende dingen op, maar kan het niet raden.
"De fauteuil waarin u zit!" roept Claudia.
"O, wat dom van me!" zegt tante Hennie. "Dat komt doordat ik zo slaperig ben."
"Vannacht riep tante Hennie: waar is mijn bed toch! En toen lag ze er zelf in!" roept oom Leen. "Jongens, houd je vast, we gaan een berg op!"
Claudia ziet de huisjes rechts van haar steeds kleiner worden. De weg loopt steil omhoog, dan komt er een bocht en wordt de weg nog steiler. Ze klimmen tenslotte als een slak omhoog.
"U rijdt als een slak vader!" roept Andries. "Kan het niet harder?"
"Ik zit achter een vrachtwagen!" zegt oom Leen met een verbeten gezicht. "Straks staat dat ding stil en kunnen we niet verder!"
Oom Leen moet terugschakelen naar de eerste versnelling als ze bijna op het hoogste punt zijn. Even staat de wagen stil en is het net of ze achteruit zullen rijden. De vrachtwagen blaast stinkende zwarte rook uit, zodat ze de ramen moeten sluiten.
"En dan beweren ze dat de lucht in Zwitserland zo zuiver is," zegt tante Hennie schamper.
"Wilt u wat eau de cologne, tante?" vraagt Claudia.

„Ja, graag!" roept tante. „Ik ben mijn tas kwijt!"
„U zit erop, moeder!" zegt Andries.
„O, o, mijn bonbonnetjes, allemaal plat!" jammert tante Hennie.
Ze haalt een doorweekt zakje te voorschijn met pap van chocoladevulling. Vlug draait ze het raampje open, ze heeft liever niet dat haar man ziet dat ze zo dom is geweest om op haar tas te gaan zitten. Oom Leen heeft alle aandacht voor de bergen nodig. Tante Hennie smakt het kleverige zakje uit het raam van de auto en krijgt dan de schrik van haar leven. Precies op de plaats waar het zakje terecht komt, loopt een man met ontbloot bovenlijf en een houweel over zijn schouder. Hij is blijkbaar een wegwerker. Een kleverige chocolademassa druipt van zijn neus omlaag. Ook zijn kin zit vol en dan vormen zich beekjes drab over zijn keel en borst.
„Hehaiho!" schreeuwt de man en smijt zijn houweel weg.
Angstig kijkt Claudia om waar de houweel gebleven is. De houweel ligt op de weg en meneer Timmers rijdt er met zijn wagen overheen. Er weerklinkt een knal en Claudia ziet de rechtervoorband van de Opel Kadett leeglopen, terwijl de wagen begint te slingeren.
„Hij rijdt in een afgrond!" gilt ze.
Het loopt echter beter af dan ze verwacht had. Meneer Timmers weet de wagen langs de rotshelling tot stilstand te brengen. Hij stapt uit en gaat onmiddellijk zijn reservewiel halen. Als een vlugge padvinder loopt hij langs zijn auto heen.
Oom Leen heeft van dit alles nauwelijks iets bemerkt. Zijn aandacht wordt pas getrokken als hij een woedende man met hun auto ziet meelopen. De auto

heeft nog nauwelijks vaart, dus de man kan de wagen wel bijhouden. Oom Leen verwondert zich over die man. Wat zou die kerel moeten en wat ziet hij er vies uit!

Tante Hennie is radeloos. Claudia was net bezig eau de cologne op een schoon zakdoekje te sprenkelen. Nu rukt tante Hennie het flesje eau de cologne uit Claudia's handen en begint de met de auto meerennende, hijgende, van chocolade en vulling druipende man met eau de cologne te besprenkelen.

,,Hehaihoibujudai!'' schreeuwt de man.

,,Wat moet die kerel toch!'' roept oom Leen.

,,Ja, de mensen spreken een vreemde taal,'' gilt tante

Hennie. ,,Die kun je niet verstaan. Ik begrijp ook niet wat hij wil.''

Intussen gaat ze in haar verbouwereerdheid door met eau de cologne te sprenkelen over het hoofd van de man. Als hij eindelijk eau de cologne in zijn ogen krijgt, moet hij het rennen staken en gaat hij aan de rand van de weg zitten om zijn ogen uit te wrijven.

,,Vreemde mensen heb je toch op de wereld,'' zegt tante Hennie.

En nu pas merkt ze, dat ze in haar angst de man ook nog het servetje met haar boterham in zijn hand heeft geduwd.

,,Timmers heeft een lekke band, oom!'' roept Claudia.

,,Lekker laten lekken!'' zegt oom Leen, terwijl hij ingespannen naar de roet verspreidende vrachtwagen tuurt.

,,Wat? Een lekke band!'' schreeuwt hij plotseling.

Hij brengt zijn wagen tot stilstand.

12

Alles is nog goed afgelopen. Meneer Timmers heeft vlug een wiel verwisseld. Claudia heeft intussen tante Hennie aan de kant van de weg, leunend tegen een rotswand, met eau de cologne zitten te besprenkelen, want ze is bijna flauw gevallen van de doorgemaakte schrik.

Op de bergweg had zich intussen een bijna onafzienbare rij auto's gevormd, maar tenslotte kon oom Leen weer vertrekken, nadat meneer Timmers zijn duim had opgestoken, ten teken dat de schade hersteld was. Om een uur of vijf komen ze in Aosta aan en oom Leen heeft een bord gezien, waarop een Motel staat aangegeven, buiten de stad, in de buurt van een vliegveld. Het vliegveld is minder dan Claudia zich voorgesteld heeft. Een paar betonnen startbanen en één klein sportvliegtuigje, dat is alles.

,,Gelukkig is er een restaurant!'' wijst oom Leen.

Ze gaan op weg om daar de inwendige mens te versterken, maar ze hebben nogal moeite met de spijskaart die uitsluitend in het Italiaans is gesteld. Ook de ober spreekt slechts één taal: Italiaans. Als compensatie buigt hij telkens als hij wordt aangesproken en lacht allerinnemendst.

,,Dit is spaghetti met vlees!'' wijst tante Hennie een spijs op de kaart aan. ,,Ik herinner het me uit mijn kookboek. Daar staan ook Italiaanse gerechten in!''

,,Wat geweldig knap, tante!'' roept Claudia.

,,Wacht maar af!'' zegt Andries achterdochtig.

Oom Leen steekt acht vingers op ten teken dat ze er acht porties van willen hebben. De kelner buigt weer, lacht allervriendelijkst en verdwijnt dan naar het buffet.

„Dat u dat weet, mevrouw!" zegt mevrouw Timmers lachend. „Mijn compliment!"

„Ja, wat zouden we zonder jou moeten beginnen!" roept oom Leen opgewekt uit.

Het hele gezelschap is verrast als de schotels worden aangedragen. Dat is wel bijzonder snel klaar gemaakt. Ze hadden verwacht wel een uurtje te zullen moeten wachten.

„Spaghetti is gauw klaargemaakt!" zegt tante Hennie met kennis van zaken!

„U hebt gelijk!" zegt mevrouw Timmers.

De kinderen kijken met schitterende ogen toe. Ook zij hebben honger.

„Ik rammel!" zegt Claudia.

„Spaghetti, lekker!" zegt Diana.

„Daar houd ik toch zoveel van," zegt Jolanda.

„Van wie?" vraagt Andries.

„Van spaghetti!" zegt Jolanda blozend.

De kelner, geholpen door nog een kelner, zet de schotels op tafel. Dan kijken ze belangstellend of het naar het genoegen van de gasten is.

De gezichten betrekken. Oom Leen kijkt sip, tante Hennie wordt vuurrood. Meneer Timmers wordt bleek, mevrouw Timmers begint zenuwachtig in haar kanten zakdoekje te hikken. Alleen Jolanda, Diana, Andries en Claudia beginnen te lachen.

„Rauwkost!" schreeuwt Andries. „Dit is bokkeneten!"

„Ook voor geitjes!" lacht Claudia.

„Vergeet de marmotjes en de konijntjes niet!" giechelt Diana.

„Knabbel, knabbel, knabbel!" hikt Jolanda.

Op de tafel staan acht schotels uitgestald. Schotels

86

met plakken tomaat die in een witte vloeistof drijven. Er is wat peterselie over uitgespreid en er liggen sla-bladen aan de randen met schijfjes wortel.

,,Waar blijf je nou met je spaghetti!'' roept oom Leen woedend.

Tante Hennie slaat de hand voor haar mond.

,,Oh!'' roept ze uit. ,,Dit is het voorgerecht dat in mijn kookboek stond, voor de spaghettischotel. U moet weten dat er complete diners in staan, mevrouw Timmers!'' tracht tante Hennie zich nog te rechtvaar-digen.

,,Ja, een compleet diner zou ik wel willen eten!'' zegt oom Leen als een spin zo nijdig, ,,maar niet dat bok-kenvoer!''

Claudia schept een stukje tomaat op haar bord en prikt haar vork erin.

,,Lekker!'' zegt ze, als ze ervan geproefd heeft. ,,Niet zo maar gewoon tomaat, maar heerlijk klaarge-maakt.''

,,Ja, ik ken dat wel,'' zegt meneer Timmers die einde-lijk zijn gewone kleur herkregen heeft. ,,In Frankrijk noemen ze dat salades de tomates!''

Oom Leen wenkt de kelner weer en brengt hem met gebarentaal aan het verstand dat hij spaghetti met vlees wil hebben. Hij neemt zijn vork en wappert daarmee door de lucht, slingert er denkbeeldige slier-ten spaghetti om, roept boe-boe, brengt zijn vingers naar zijn oren en wappert ermee.

Dit laatste brengt de arme kelner in de war. Hij begint weer te lachen, maakt een buiging, rekt zich dan uit, plaats zijn armen zijwaarts en begint die op en neer te bewegen, alsof hij denkt weg te vliegen.

Andries wijst al naar het vliegveld.

,,Als je vliegen wilt, dan maar met dat sportvliegtuig-

je!" roept hij. „Zo kom je toch niet van de grond!"
Claudia, Jolanda en Diana rollen bijna onder de tafel
van het lachen. Vooral nu de kelner nog geluiden
gaat slaken ook.
„Kukeleku!" roept hij, al wapperende met zijn armen.
„Ja!" roept tante Hennie. „Kukeleku!"
Ze kijkt triomfantelijk om zich heen, ziet haar man
nee schudden en zoekt dan steun bij mevrouw Timmers.
„Daar bedoelt hij een kip mee!" zegt ze.
„Die moeten ze zeker eerst gaan vangen!" roept
Andries.
„Nee, nee," zegt oom Leen. „Boe-boe!"
„Vader imiteert een koe!" roept Andries. „Maar zo
komt hij nooit voor de televisie. Dat moet u zo doen!"
Andries spert zijn mond wijd open, zuigt zich vol
lucht en slaakt zo'n boegeroep dat de mensen aan de
andere tafeltjes verschrikt opkijken. Ergens valt zelfs
een schaal met sla tegen de grond.
„Boehoeboehoe!" roept Andries.
„Andries slacht het hele abottoir af!" giechelt Claudia.
Diana en Jolanda zien vuurrood van het lachen.
„Jullie hebben koppen als tomaten!" zegt Andries.
„Dat kleurt aardig bij de schotels!"
De kelner knikt echter verheugd. Hij heeft het nu
begrepen.
„Boe-boe! Kukeleku!" roept hij.
Oom Leen buigt berustend het hoofd. Vooruit dan
maar, denkt hij. Kip en rundvlees, mij best. De dames
schijnen meer van kip te houden.
De maaltijd blijkt voortreffelijk en ze doen hem alle
eer aan. De tomaten gaan echter grotendeels terug.

Ook het nagerecht blijkt goed gekozen. Cassata, een idee van Andries. Heerlijk ijs met room en vruchtjes.

„Ja, het Italiaanse ijs is zo heerlijk," zegt tante Hennie snakkend. „Alleen daarom zou je naar Italië gaan!"

Puffend schuift oom Leen zijn bord weg.

„En nu naar bed!" zegt hij. „Morgen is het weer vroeg dag!"

Tot hun verbazing zien ze dat het buiten al donker is geworden. Ze gaan vlug hun kamers opzoeken. Zodra ze echter buiten zijn, begint Claudia te gillen.

„Au, au!"

„Wat is er?"

Andries komt toesnellen om Claudia te redden.

„De boze wolf soms?" giechelt Jolanda.

„Au, au!" roept nu ook Jolanda.

„Au, gemenerd!" gilt Diana.

Tante Hennie en mevrouw Timmers beginnen nu met hun handen rond te meppen en op hun armen te kletsen.

Oom Leen, meneer Timmers en Andries kijken of de vrouwelijke afdeling krankzinnig is geworden. Zo iets hebben ze nog nooit meegemaakt. De dames en meisjes staan te stampen en te slaan, alsof ze aangevallen worden door wilde dieren.

„Muggen!" schreeuwt tante Hennie. „Leen, doe iets!"

„Ja, doe eens wat!" zegt oom Leen.

„Die man, daar heb je nooit wat aan!" roept tante Hennie woedend. „Au, au!"

„Het zit hier stikvol muggen!" roept Claudia. „Vlug, naar binnen!"

Oom Leen maakt met zijn sleutels de drie kamers open die ze hebben gehuurd, terwijl de meisjes en dames staan te stampvoeten van pijn. Binnen wordt de schade opgenomen.

,,Kijk eens, wat een verschrikkelijke bulten!" roept Claudia. Ze wijst op haar armen en benen. Alleen al op haar armen zitten bij elkaar al vijfentwintig rode, opgezwollen bulten. Bij Jolanda en Diana is het al net zo, om van tante Hennie en mevrouw Timmers maar niet te spreken. De heren blijken helemaal vrij van bulten te zijn.

,,Ons moeten ze niet hebben," lacht oom Leen. ,,Het is om de vrouwtjes te doen!"

,,Onze kleding is doelmatiger," zegt meneer Timmers. ,,Nu zie je!"

Claudia staat bijna te huilen van de pijn, terwijl Diana en Jolanda meer last van jeuk hebben.

,,Daar moet Azaron op!" roept oom Leen. ,,Ga maar even halen, Hennie. In die zwarte koffer met de ritssluiting!"

,,Dank je lekker! Ik doe geen stap meer buiten. Is me dat hier een wildernis!" roept tante Hennie.

,,Dan offer ik me op!" belooft oom Leen.

Hij verdwijnt naar buiten en komt even later terug met een tube Azaron. De dop wordt eraf geschroefd en op elke beet komt een klein wit likje uit de tube.

„Goed uitwrijven!" waarschuwt oom Leen.
Claudia, Jolanda en Diana gaan aan het werk. Ook de dames wrijven geducht.
„Dit werkt verkoelend," zegt tante Hennie. „Hè, lekker! Bedankt hoor Leen! Als ik jou niet had!"
Claudia is gauw van haar pijn verlost. Ze gaat vlug haar tanden poetsen en duikt dan met Jolanda in het tweepersoonsbed. Ze valt als een blok in slaap.

13

De volgende morgen wordt er in de tuinen op de terrassen achter de kamers een heerlijk ontbijt opgediend. Lekkere koffie waar oom Leen opgetogen over is, fijne knapperige broodjes en verse roomboter die in kleine pakjes zit, pakjes zo groot als enkele suikerklontjes bij elkaar. Muggen zijn er niet meer te bekennen.

,,De laatste etappe voor de boeg!'' roept oom Leen. ,,Als het een beetje mee zit, kunnen we om vier uur in Ventimiglia zijn.''

,,Ik moet wel nog even een pakje afgeven in Turijn!'' zegt meneer Timmers. ,,Dat heb ik mijn moeder beloofd!''

,,Een pakje afgeven?'' vraagt oom Leen verbaasd.

Wat is dat nou voor een flauwekul, denkt hij. Wie gaat er nu een pakje afgeven in zo'n vreemde stad als Turijn, waar je heg noch steg kent. Pakjes kun je beter per post sturen.

,,Ach, dat is een heel verhaal,'' zegt meneer Timmers. ,,Mijn schoonmoeder is pas in Italië geweest en daar heeft ze kennis gemaakt met Italianen. Mijn schoonmoeder spreekt vloeiend Italiaans. En nu heeft ze die mensen een doos Haagse Hopjes beloofd, je weet wel, de echte! Nou, en ze heeft ons gevraagd of wij die doos even wilden afgeven. Het adres heb ik hier!''

Meneer Timmers haalt zijn agenda te voorschijn en houdt een onleesbare naam onder de ogen van oom Leen.

,,Ik vind het wel vervelend,'' zegt oom Leen. ,,Dat betekent zoeken in Turijn en veel tijdverlies. Zoeken in een vreemde stad is ontzettend moeilijk. En dat alles voor een doos van die hopjes!"

Hij wil rothopjes zeggen, maar dat klinkt bij nader inzien niet erg fraai, daar hij de hopjes zelf in zijn winkel ook verkoopt en je moet nooit je eigen waren afkammen, dan verlies je je klanten.

"Ach, het is mijn schoonmoeder, hè!" legt meneer Timmers uit, alsof alles daarmee verklaard is.

"Ja, mijn moeder!" zegt mevrouw Timmers met haar liefste lach. "Toe, geef ons de gelegenheid het pakje te bezorgen."

"Goed, goed!" sust oom Leen.

"Gezellig, Leen!" vindt tante Hennie. "Dan zien we gelijk wat van die stad Turijn. Komt daar de vermouth niet vandaan? Die verkopen we ook!"

"Jaja!" zegt oom Leen nors.

"En auto's!" roept Andries. "De Fiat! Kunnen we die fabrieken niet eens gaan bezoeken?"

"Hè bah, autofabrieken!" zegt Claudia. "Wat is daar nu voor een meisje aan. Wat vinden jullie ervan, Jolanda en Diana?"

"Nee, niks aan!" zeggen Jolanda en Diana.

"Jullie bezoeken zeker liever een poppenfabriek!" roept Andries. "Ik wist niet dat jullie zo flauw waren!"

"We willen helemaal geen fabrieken bezoeken," zegt Claudia. "Zo iets doe je in je vakantie niet. We willen naar de zee, niet naar een fabriek!"

"Wie praat er nou over fabrieken!" snauwt oom Leen. "Omrijden voor zo'n doos van die rothop... pardon... voor zo'n pakje dat afgegeven moet worden, is al erg genoeg!"

Als hij de verschrikte gezichten van meneer en mevrouw Timmers ziet, voegt hij er vergoelijkend aan toe:

„In verband met de drukte en het verkeer. We komen natuurlijk precies in het spitsuur terecht!"

„Ogen dicht en vol gas, vader!" stelt Andries voor.

Ze stappen in. Oom Leen stuift met zo'n vaart weg, alsof hij de verwachte verloren tijd nu al wil inhalen. Meneer Timmers heeft de grootste moeite hem bij te houden. Als ze echter Turijn binnenrijden, heeft niemand meer een zwaar hoofd in het zoeken van het adres in verband met het pakje. De toegangsweg tot Turijn blijkt zo breed dat je er wel met tien auto's naast elkaar kunt rijden, wat sommige Italianen dan ook proberen. Luid toeterend schieten ze als watervlooien links en rechts weg.

Op een groot plein ontwaart oom Leen parkeerplaatsen. Hij stuurt zijn wagen daarheen. Meneer Timmers volgt gedwee en weet zijn wagen precies naast die van oom Leen te parkeren.

Oom Leen en mevrouw Timmers slaan op hetzelfde ogenblik allebei hun portier open om uit te stappen met twee deuken als gevolg. Eén deuk in het portier van de Citroën en één deuk in het portier van de Opel Kadett.

„Zonde van de nieuwe wagen, vader!" roept Andries. „Het mooie is er nu vanaf."

Allemaal om die rothopjes, denkt oom Leen knarsetandend.

„Kom, kom, we zijn met vakantie, laten we vrolijk zijn!" roept tante Hennie opgewekt uit. „Vind je ook niet, Claudia?"

„Ja, u hebt gelijk, tante!" zegt Claudia.

„Leen!" roept tante Hennie. „Vergeet je niet dat de familie Timmers die hopjes in onze zaak heeft gekocht?"

„Ja, dat is waar," antwoordt oom Leen geschrokken.

„Ik zeg al niets meer!"

Oom Leen en tante Hennie volgen meneer en mevrouw Timmers die dapper vooruitstappen. Andries en Jolanda lopen achter oom Leen en tante Hennie en dan volgen Diana en Claudia.

De Italianen kijken telkens met enige verbazing naar het gezelschap. Hun kleding schijnt anders te zijn dan de gebruikelijke, want waardoor zouden ze anders zo opvallen?

„Het komt door onze bleekheid!" zegt Claudia plotseling. „Wij zien veel bleker dan die Italianen. Kijk, die zien allemaal bruin."

„Sommigen zijn zo bruin als koffiebonen," zegt Diana.

Ze neemt Claudia even van opzij op.

„Zeg," zegt ze. „Denk je dat er leuke Italiaanse jongens in Ventimiglia zullen zijn?"

Claudia krijgt een beetje een kleur, want ze heeft toevallig aan hetzelfde gedacht.

„Wie weet!" zegt ze.

„Die Andries loopt maar steeds met Jolanda," zegt Diana, na enige aarzeling. „Dan zou het toch wel aardig zijn, als wij ook jongens vonden om mee te wandelen."

„Was Peter Geuts maar hier, hè?" vraagt Diana.

„Ja, mek mek!" lacht Claudia.

„Je hebt heerlijk met hem gedanst, hè?"

„Ja, geweldig. En bij de polonaise trok ik zijn naam. Is dat niet toevallig? Het was een enorm feest, Diana!"

„Ja, jammer dat het regende, anders had vader lampions in de tuin aangebracht en hadden we buiten kunnen dansen. Bal champêtre heet dat geloof ik!"

„Met een accent circonflexe!" zegt Claudia.

96

„Wat?" roept Diana, zo hard dat een paar Italianen blijven staan kijken.

„Een accent dakkie," zegt Claudia.

Meneer en mevrouw Timmers verdwijnen in een smalle straat met hoge huizen. De zon kan niet in de straat doordringen. Het is er vrij donker. Dan gaan ze een smalle gang door, een binnenplaats over, wachten even voor een deur en bellen dan aan.

De deur wordt na een hele tijd op een kier geopend en een smal hoofd verschijnt, dat de bellers argwanend opneemt. Meneer Timmers zwaait met het pakje, mevrouw Timmers maakt gebaren. Telkens en telkens opnieuw wordt er een naam genoemd.

Eindelijk gaat de deur verder open en wordt er een hand uitgestoken. Het pakje met Haagse Hopjes wordt aangenomen. De deur gaat weer dicht. Iedereen slaakt een zucht van verlichting.

„De dame in kwestie schijnt er niet te zijn," zegt mevrouw Timmers, „maar ze zullen het pakje voor ons afgeven!"

„Of ze vreten het zelf op!" fluistert Andries achter zijn hand. Jolanda schiet in een mekkerende lach. Diana kijkt een beetje afgunstig, want ze heeft niets gehoord.

„De tortelduifjes hebben pret!" zegt Claudia.

Hier moet Diana weer om lachen en nu is ze volkomen tevreden.

„Wij gaan op zoek naar leuke Italiaanse jongens, hè?" vraagt ze aan Claudia, terwijl ze vertrouwelijk haar arm door die van haar vriendin steekt.

„Nou, nou, op zoek!" krabbelt Claudia terug. „Je moet ze toevallig tegenkomen, hè. Om ze te gaan zoeken, lijkt me wat raar!"

„Maar we moeten wel opletten," vindt Diana. „Niet

98

lopen suffen, want dan gebeurt er niets!"
Plotseling zijn ze omringd door tal van mensen. Het zijn overwegend mannen in blauwe werkhemden. Een fabriek schijnt net zijn mensen uitgespuwd te hebben. Tante Hennie die naast mevrouw Timmers was gaan lopen is ineens uit het gezicht verdwenen.
Oom Leen en meneer Timmers versnellen hun pas om de dames in te halen, maar dit wordt hun onmoge-lijk gemaakt, doordat een ander kantoor uitgaat en tal van jonge meisjes hun pad kruisen. Ze kunnen ge-woon niet verder en blijven gewoon tussen de meisjes in staan. Ook Andries, Jolanda, Diana en Claudia staan tussen de drom meisjes en kunnen geen voet meer verzetten.
Opeens ontstaat er een verschrikkelijk gedrang en nu pas merkt Claudia dat er een bus stopt, en dat al die meisjes op de bus stonden te wachten. Ze ziet ook de haltepaal. Andries wordt al naar de ingang van de bus gedrongen.
,,Nee, nee!" schreeuwt hij. ,,Ik moet er niet in!"
De Italiaanse meisjes lachen en schreeuwen met

schelle stemmen. Andries moet zo wringen dat zijn hemd uit zijn broek hangt als hij zich in veiligheid heeft gebracht. Ook Claudia hoort haar jurk vervaarlijk kraken.

Ineens is de plaats waar ze stond uitgestorven. De bus rijdt luid toeterend weg, mét een tros meisjes die aan de ingang hangt. Een eindje verder stopt hij weer en moeten de meisjes eraf. Ze zetten schelle stemmen op, schijnen de chauffeur uit te schelden en heffen hun vuisten op.

Oom Leen en meneer Timmers zitten op een stoep van een ijszaak te lachen. Ze wuiven vrolijk naar de kinderen en schijnen zich kostelijk te vermaken.

14

De kinderen wuiven opgewekt terug.
Oom Leen legt zijn handen als een toeter om zijn mond.
„Willen jullie een ijsje?" schreeuwt hij.
Andries neemt een aanloop. Hij rent de weg over.
Een auto remt gierend en trekt dan weer op. Jolanda, Diana en Claudia schrikken en kijken beter uit dan Andries.
„Die waagt voor een ijsje zijn leven," zegt Claudia. „Begrijp je dat nou?"
Als ze bij oom Leen en meneer Timmers zijn gekomen, vragen die:
„Waar is tante Hennie?"
„Waar is mijn vrouw?"
„Niet in de ijszaak?" informeert Claudia. „Ik dacht dat ze al naar binnen waren."
Claudia hipt de stoep op en tuurt in de donkere ijszaak. De man met het witte mutsje op achter de toonbank maakt een vriendelijk uitnodigend gebaar naar Claudia, om toch vooral binnen te komen. Hij wil graag een ijsje verkopen.
Claudia schudt haar hoofd.
„Ze zijn niet binnen. De hele zaak is leeg," zegt ze.
„Misschien naar het toilet," oppert oom Leen. „Dames gaan graag naar een toilet om zich een beetje op te frissen."
Oom Leen stapt nu de ijszaak in, bestelt ijsjes voor de kinderen, voor zichzelf en meneer Timmers en vraagt dan:
„Toilet?"
De man achter de toonbank wijst op een deur waar

een plaatje van een man en een vrouw op staan. Oom Leen gaat de deur door, komt in een gang met twee deuren. Op de ene staat een plaatje van een man en op de andere deur een plaatje van een vrouw.

Oom Leen klopt op de groene deur met het plaatje van een vrouw.

„Hennie!" roept hij met gedempte stem. „Ben je hier?"

Hij hoort doortrekken! Gelukkig! Hennie is hier!

Dan gaat de deur open en komt een dikke vrouw naar buiten die met een woedend gezicht op de deur met het plaatje van een man wijst.

Oom Leen schrikt. Tante Hennie en mevrouw Timmers zijn niet aanwezig. Hij opent voor de zekerheid de deur nog. Er is slechts één toilet. Een beetje wanhopig tuurt oom Leen in het closet, alsof tante Hennie en mevrouw Timmers daardoor zijn verdwenen.

Hij keert terug naar de ijszaak, waar de kinderen al van heerlijke ijsjes likken. Ook hij krijgt een ijsje in zijn hand gedrukt. Dan maakt hij een moedeloos gebaar.

„Ze zijn weg!" zegt hij tegen meneer Timmers.

„Dat kan niet!" roept die, terwijl hij spierwit wordt. „Daarnet waren ze er nog!"

„Jawel, daarnet!" zegt oom Leen, „maar daar hebben we nu niets aan. Nu zijn ze verdwenen!"

Het ijsje begint op zijn overhemd te lekken, maar hij merkt het niet eens. Claudia merkt het wel.

„Oom Leen, u morst!" roept ze. „Gauw, likken!"

Oom Leen staart naar de vlekken op zijn overhemd, maar het is net of het niet tot hem doordringt dat hij staat te knoeien.

„Hier!" zegt hij plotseling tegen Claudia.

Hij duwt haar het ijsje in haar andere hand. Nu heeft

102

Claudia twee ijsjes. Om beurten likt ze ervan. Eerst van het ijsje van oom Leen en daarna weer van haar eigen ijsje.

,,Een echte bofferd,'' zegt Andries.

Oom Leen zet het op een lopen. Hij rent de zaak uit in de richting waar ze vandaan zijn gekomen. De smalle straat met de binnenplaatsen en het portiek waar de doos met Haagse Hopjes is afgegeven. Meneer Timmers gaat in de winkeldeur van de ijszaak staan afwachten. Hij is van plan bij de kinderen te blijven, anders raken die soms ook nog zoek.

,,Als we nou eens allemaal een andere kant uitgingen,'' stelt Claudia voor. ,,Dan hebben we ze zo. Ze kunnen nooit ver weg zijn.''

,,Nee, beter van niet!'' antwoordt meneer Timmers een beetje zenuwachtig.

Hij beseft dat de vermissing hun schuld is. Als ze niet met alle geweld een doos Haagse Hopjes hadden moeten wegbrengen, zouden ze nu al lang en breed onderweg zijn naar Ventimiglia.

Na een tien minuten is oom Leen weer terug. Hij ziet vuurrood en het water loopt van zijn hoofd af, zo transpireert hij.

,,Niets gevonden, wat nu?'' vraagt hij.

De man achter de toonbank duwt oom Leen een nieuw ijsje in de hand. Oom Leen heeft echter geen trek en geeft het ijsje aan Andries. Dan koopt meneer Timmers nog een ijsje voor Jolanda en Diana. Als die op zijn, vertrekken ze.

,,We zullen teruggaan naar de auto's,'' stelt oom Leen voor. ,,Misschien zijn ze doorgelopen en staan ze daar op ons te wachten.''

Claudia en Diana huppelen vooruit. Ze zijn in spanning of tante Hennie en mevrouw Timmers werkelijk op het plein, waar de auto's geparkeerd staan, zijn aangekomen.

De auto's staan in de gloeiende zon te bakken, maar van tante Hennie en mevrouw Timmers is niets te bekennen.

Hulpeloos draait oom Leen zich om en om en tuurt het hele plein af. Het is gloeiend heet. Hij ziet vuur-rood.

,,Het is onmogelijk om hier lang te wachten, oom!'' roept Claudia. ,,Hier smelt je! Als ze naar de auto's zijn gegaan dan zullen ze daar in de schaduw wel wachten!''

Claudia wijst naar de overkant van het plein. Achter een fontein ontwaren ze een zuilengalerij met veel schaduw, winkels en café's.

,,Ik zal wel even gaan kijken!'' stelt Claudia voor.

,,Voorzichtig, Claudia!'' roept meneer Timmers haar na.

,,Doe je best, Claudia!'' roept oom Leen.

Claudia kijkt goed uit en steekt het plein over. Een man zegt iets tegen haar. Claudia maakt van schrik een grote boog om hem heen. Dan ziet ze pas dat de man prentbriefkaarten verkoopt. In het eerste het beste café waarin Claudia een blik werpt, ziet ze tante Hennie en mevrouw Timmers staan. Ze zien er verhit uit, heb-ben rode hoofden maar steken boven de mannen uit die om hen heen drommen. Nederlandse vrouwen zijn meestal nog groter dan Italiaanse mannen.

,,Tante Hennie!'' schreeuwt Claudia.

Tante Hennie slaakt een gil van opwinding.

,,Claudia!'' roept ze.

,,Hennie, Hennie, Hennie!'' beginnen de mannen nu te roepen en ze klappen in hun handen.

Dan worden mevrouw Timmers en tante Hennie op-

104

getild en de hele zaak doorgedragen. Tante Hennie gilt en trappelt met haar benen. Mevrouw Timmers doet hetzelfde.

Claudia kijkt om. In de verte ziet ze oom Leen en meneer Timmers bij de auto wachten. Ze staan allebei over hun hoofd te wrijven met een zakdoek, zo transpireren ze.

Claudia bedenkt zich niet lang, ze rent weer terug naar de auto's.

,,Oom Leen, kom gauw!" schreeuwt ze. ,,Tante Hennie en mevrouw Timmers zijn in dat café daar aan de overkant, maar ze kunnen niet weg!"

,,Niet weg?" roept oom Leen verbaasd uit.

,,Nee, ze worden vastgehouden door mannen!"

,,Wat?" schreeuwt oom Leen.

Hij doet een sprong naar zijn auto, stopt het sleuteltje in het slot, rukt het portier open, doet een greep in het handschoenenkastje. Dan is hij in enkele sprongen bij Claudia.

,,Vooruit!" roept hij.

Claudia rent voorop, oom Leen volgt haar hijgend. Claudia tuurt het café in. Het is aanvankelijk moeilijk om te onderscheiden wat daar gebeurt, want ze komen uit het felle zonlicht en binnen lijkt het aardedonker. Als hun ogen echter aan het donker gewend zijn, zien ze dat tante Hennie en mevrouw Timmers nog steeds door de mannen worden rondgedragen op handgeklap en gestamp van alle aanwezige mannen. Vrouwen zijn er behalve tante Hennie en mevrouw Timmers in de zaak niet te bekennen.

,,Halt!" schreeuwt oom Leen met stentorstem.

Hij haalt zijn vuist uit zijn zak.

Claudia ziet een zwarte revolver in de hand van oom Leen. En dan klinkt er opeens een oorverdovende knal. Oom Leen heeft geschoten. Kruitdamp trekt op. Claudia begint te lachen! Dat is het alarmpistool dat ze vroeger al eens in de duinen van Rockanje heeft gebruikt!

De uitwerking op de mannen is verbluffend. Ze zetten tante Hennie en mevrouw Timmers onmiddellijk op hun benen, buigen zich naar elkaar toe, beginnen opgewonden gesprekken met veel gebarentaal.

Tante Hennie en mevrouw Timmers stuiven naar buiten. Ze zien vuurrood, hun kleren zijn gekreukt, hun kousen zitten vol ladders. Vlak voor het café zakken ze op de stoep neer, hijgen en beginnen dan hun kousen uit te trekken.

,,Veel te warm voor kousen!'' hijgt tante Hennie.

,,Maar wat is er gebeurd?'' vraagt oom Leen.

,,Ach, eigenlijk niets,'' zegt tante Hennie. ,,We stonden ineens tussen mannen die uit een kantoor of fabriek kwamen. Toen werden we de bus in gedrongen. De bus bracht ons hier naar het plein. Kom, dachten we. Nu zijn we waar we wezen moeten en het is nog lekker goedkoop bovendien, want we hebben niet betaald. Bij de auto's was het te warm en toen zijn we dit café in gegaan om wat koels te drinken. Maar... die mannen deden zo gek. Ze duwden ons en lachten naar ons, tilden ons zelfs op, maar iets te drinken kregen we niet. Nou... en toen kwam Claudia. Ik was blij dat ik haar zag.''

,,Eigenlijk waren het heel aardige mannen, die Italianen,'' zegt mevrouw Timmers peinzend.

,,Toe maar!'' roept oom Leen. ,,Het leek wel of ze jullie aan het verscheuren waren. Ik heb jullie moeten bevrijden!''

Tante Hennie kijkt lachend naar oom Leen op.

,,Mijn redder!'' roept ze en steekt haar armen naar

106

oom Leen uit.

Dan slaakt tante Hennie plotseling een rauwe gil.

„O, Leen. Doe wat!" roept ze. „Ik ben bestolen! Mijn tasje is weg!"

15

„U had geen tasje bij u, tante!" roept Claudia. „Dat ligt nog in de auto!"

„En ik?" vraagt mevrouw Timmers. „Had ik een tasje bij me?"

„U ook niet!" roept Claudia. „U droeg het pakje met Haagse Hopjes!"

„Je bent geweldig, Claudia," zucht tante Hennie.

„Zeg, zijn jullie nog van plan op te stappen?" vraagt oom Leen ongeduldig.

Ze begeven zich weer naar de auto. Het is er binnen zo smoorheet, dat oom Leen terugdeinst. Eerst moet hij de ramen tegen elkaar openzetten, voor hij in durft te stappen. En binnen brandt hij zijn handen aan het stuur dat gloeiend heet is geworden.

„De koperen ploert doet van zich spreken!" zegt Andries.

„Gebruik niet van die onfatsoenlijke taal!" vermaant tante Hennie haar zoon.

De auto zet zich in beweging, de familie Timmers volgt.

„Gelukkig," zucht tante Hennie. „Eindelijk een koeltje!"

„Ja, maar je armen niet naar buiten steken!" snauwt oom Leen. „Dan worden ze er afgereden!"

Verschrikt trekt tante Hennie haar armen naar binnen. Ze kijkt links en rechts, alsof ze van de natuur geniet.

„Nu rijden we flink door," zegt oom Leen. „We hebben al veel tijd verloren. Hier, een rol kaakjes. Van eten zal nu niet veel komen. Jullie zullen moeten wachten tot we in Ventimiglia zijn!"

Tante Hennie gaat gelaten aan het papier van de rol peuteren, maar ze heeft er geen geduld voor.

,,Hier, Claudia!'' roept ze. ,,Doe jij het maar!''

,,Ik vind het best,'' zegt Andries. ,,Maar dan eten wij ze ook alleen op!''

,,Ga je gang maar,'' roept tante Hennie. ,,Ik heb in dat café daarnet al gegeten en gedronken!''

,,Die is goed!'' zegt oom Leen. ,,En je zei daarnet, dat je geen drinken kreeg.''

,,Dat was maar bij wijze van spreken,'' zegt tante Hennie. ,,Ik heb niet gegeten en ook niet gedronken, maar ik voel me zo vies en kleverig, dat ik nergens trek in heb.''

Van Andries' plan om de rol kaakjes samen met Claudia op te eten komt niet veel terecht. Het eerste kaakje blijft bij hem en Claudia al in hun keel steken. Het is zo droog dat ze ervan moeten hoesten.

,,Hier moe,'' zegt Andries. ,,U kunt ze terugkrijgen!''

Tante Hennie bergt de rol kaakjes in het handschoenenkastje. Weer gaat ze links en rechts kijken. Andries en Claudia zakken wat onderuit en vallen in slaap.

Als ze hun ogen opendoen, zien ze palmen.

,,Palmen!'' schreeuwt Andries opgetogen.

,,We zijn er!'' roept Claudia.

Ze draait zich om en maakt door de achteruit allerlei gebaren naar de auto van meneer Timmers. Die schakelt zijn lichten aan, omdat hij denkt dat ze juist branden, en hij ze nu uitschakelt. Na veel gesein van Claudia worden de lichten eindelijk weer gedoofd. Dat ze er haast zijn, is hun niet aan het verstand te brengen. Van Jolanda en Diana is niets te bekennen. Die zullen wel onder zeil zijn.

Daar rijdt oom Leen de boulevard langs de Middellandse Zee op. Ze ontwaren een smal zandstrand met kiezelstenen.

Over dat strand zijn hier en daar platforms getimmerd waar tal van mensen in heel kleine badpakjes bruin liggen te branden.

„Heerlijk bakken!" roept Andries.

„Wat mooi blauw is de Middellandse Zee!" zegt Claudia. „Heerlijk dat we er zijn!"

„Ja, maar het zou nog heerlijker zijn, als ik ergens kon parkeren," zegt oom Leen. „Alles is vol!"

„Daar!" wijst Claudia. „Onder die bomen is nog plaats genoeg!"

„Verdraaid!" zegt oom Leen.

Hij remt zo plotseling, dat de wagen van meneer Timmers, bestuurd door een vermoeide, niet goed oplettende chauffeur, op de achterkant van de Citroën vliegt.

„Hemeltje?" gilt tante Hennie. „Leen, wat gebeurt er?"

„Een zoentje!" roept Andries.

Direct is er een hele oploop. Van alle kanten komen de mensen aanrennen. Claudia ziet nog net twee verschrikte hoofden van Diana en Jolanda in de auto vlak achter hen oprijzen.

Oom Leen stapt uit.

„Tedie, tedie!" zingt hij in zichzelf. „Niet kwaad worden. We zijn nu op ons vakantieadres en de schade zal wel meevallen!"

De omstanders schijnen maar niet te begrijpen, dat die meneer die pas aangereden is, zo opgewekt uit zijn auto komt stappen. Ook meneer Timmers stapt uit. Zijn bumper is tegen het plaatwerk van zijn wagen gedrukt. Het nummerbord is verbogen.

„Jongens!" roept oom Leen. „Help eens een handje!"

„Ik ook?" vraagt tante Hennie verontwaardigd.

„Jij hoort niet bij de jongens!" antwoordt oom Leen. Maar Andries, Claudia, Diana en Jolanda blijken wel tot de jongens te behoren. Met vereende krachten wordt de wagen van meneer Timmers losgetrokken van de Citroën.

„Goed dat ik je nu zie, Timmers," zegt oom Leen joviaal. „We wilden daar gaan parkeren!"

Hij wijst naar het plein met de bomen, waar veel auto's naast staan, maar toch nog genoeg ruimte overblijft. De omstanders kijken naar de door oom Leen aangeduide plek en begeven zich al in die richting.

Oom Leen stapt in, start zijn wagen en rijdt naar de parkeerplaats. Meneer Timmers volgt op veilige afstand. Zonder ongelukken worden de wagens nu achter elkaar geparkeerd. Het is al weer een hele oploop geworden. Als de families uitstappen worden ze door tal van mensen aangegaapt.

„Die denken zeker dat wij deze plek uitgekozen hebben om te gaan vechten!" lacht oom Leen.

Hij slaat meneer Timmers vriendschappelijk op zijn schouder. Dan draaien alle mensen zich plotseling om en verdwijnen teleurgesteld in de richting van de boulevard.

„Zo, Timmers!" zegt oom Leen. „We zijn op ons vakantieadres aangekomen. Hier is het toch? Mediterrannee Séjour?"

„Het kan niet missen!" antwoordt meneer Timmers. „Maar eh... de schade zal ik graag vergoeden."

„Klets niet!" roept oom Leen. „Wie heeft het nu over schade. Je gaat toch niet met vakantie om de schade?"

111

Meneer Timmers denkt lang na over deze onlogische uitspraak, maar hij kan er niet achter komen, wat oom Leen bedoelt. Hij loopt achter oom Leen aan naar het mooie gebouw met de balkons en kleurige luiken, waarop in rode letters staat: Mediterrannee Séjour.

,,De bagage komt straks wel," zegt oom Leen. ,,Eerst maar eens naar binnen!"

Bij de receptie worden ze hartelijk ontvangen door een jongeman die Nederlander blijkt te zijn.

,,Voorspoedige reis gehad?" informeert hij.

Oom Leen knikt vaag.

,,Behalve een lekke band, een aanrijding, een ontvoering, en vermissing is alles voorspoedig gegaan!" roept Andries vrolijk.

,,Een grappenmaker zeker!" zegt de jongeman. ,,Het is toch zeker niet waar?"

,,Hij is mijn neef!" zegt Claudia, alsof daar alles mee verklaard is.

,,En mijn vriend!" zegt Jolanda Bleeker.

,,Mijn vriend ook!" roept Diana Timmers. ,,Trouwens, hij was het eerst mijn vriend!"

,,Het eerst was hij mijn neef!" zegt Claudia.

,,Kom kinderen, jullie worden ook wat vermoeiend, merk ik," zegt tante Hennie. ,,We gaan naar boven!"

Voor de verbaasde ogen van de receptionist legt ze het bundeltje kousen voor hem neer op de balie, de kousen die ze in Turijn heeft uitgetrokken.

,,Nou, ik ben ook vermoeid," zegt ze. ,,Ik weet zelf niet meer wat ik doe."

,,Kamer drie en kamer vier op de achtste etage!" zegt de jongeman. ,,Prachtige kamers vlak naast elkaar!"

Tante Hennie pakt de sleutels aan en strompelt naar de trap.

112

„Als ik dat maar haal, de achtste etage," mompelt ze.
Dan blijft ze staan, draait zich om en vraagt:
„Heeft u niet wat lagers?"
„Nee, mevrouw. Alles is verhuurd, maar daarboven
heeft u een prachtig uitzicht. Het zijn kamers aan zee.
En... u neemt toch zeker de lift? Wacht even!"
De jongeman komt achter zijn balie vandaan, loopt
naar de lift en drukt op een rood knopje. Niet lang
daarna is de lift aanwezig en kunnen ze instappen.
„Zelfbediening!" roept Andries. „Op welk knopje zal
ik eens drukken!"
„Hier natuurlijk op!" roept Claudia.
Ze drukt op het knopje waar het cijfer acht naast
staat.
De lift begint te zoemen en schiet omhoog.
„Wil je wel geloven, dat ik daar misselijk van word!"
zegt tante Hennie.
„Welnee, tante," sust Claudia. „U bent alleen wat
vermoeid!"
De receptionist blijkt niet te veel gezegd te hebben. Op
de achtste etage vinden ze twee prachtige kamers.
Tante Hennie heeft direct haar keus al gemaakt. Op
het eerste het beste bed dat ze tegenkomt laat ze zich
achterover vallen en trapt haar schoenen in een hoek.
„Hè!" zucht ze. „Met geen vier paarden krijg je me
hier vandaan!"
„De keus is al gemaakt," zegt meneer Timmers. „Wij
nemen dus de andere kamer."
„U heeft toch geen bezwaar?" vraagt oom Leen.
Claudia loopt naar het raam dat wijd openstaat.
„Andries, kom eens gauw kijken!" roept ze. „Is het
niet geweldig. Kijk eens, die zee. En die kleine poppe-
tjes daar beneden, het lijken wel mieren in plaats van
mensen!"

16

De wagen van meneer Timmers rijdt van een berg af. Hij vliegt de afgrond in. Eén portier springt open en Diana Timmers schiet hals over kop omlaag. Ze blijft aan een boomtak hangen en bungelt boven een afschuwelijke afgrond met een wild ruisende waterval.

„Help, help!" klinkt· de benepen stem van Diana Timmers. Claudia zet al haar spieren schrap. Wat moet ze doen?

„Help, help!" klinkt de stem van Diana.

Claudia ziet dat Diana haar blauwe ogen angstig verdraait. Het lijken wel knikkers, zo puilen ze uit haar hoofd. En opeens zijn de ogen verdwenen en vallen ze werkelijk als knikkers in de waterval. Het is net of Claudia de twee tikjes hoort. Diana gaat voort met haar hulpgeroep.

„Help, help!"

Claudia slaat haar ogen op. Waar is ze? Verbaasd kijkt ze om zich heen. Ze ligt achter een rose scherm. Boven het scherm ziet ze een openstaand raam en daarboven de blauwe lucht.

Claudia wrijft haar ogen uit.

Ach, nu weet ze het weer. Ze ligt in de kamer van oom Leen, tante Hennie en Andries. En in de kamer naast haar slapen meneer en mevrouw Timmers, Jolanda Bleeker en... Diana Timmers. Er is helemaal geen ongeluk gebeurd. Diana Timmers boven die afgrond was een nare droom. Het hulpgeroep heeft ze gedroomd.

„Help, help!" weerklinkt er weer een stem.

Claudia gaat met een ruk overeind zitten. Wat is dat nu?

Droomt ze gewoon door, terwijl ze haar ogen open heeft. Dat is toch al te gek?

Ze springt uit bed. Nee, ze droomt niet. Als je droomt kun je niet zo maar uit bed springen. Kijk, daar ligt oom Leen. Hij slaapt. En daar.ligt Andries. Hij slaapt ook. Maar waar is tante Hennie?

,,Help, help!" hoort Claudia weer.

Oom Leen en Andries slapen rustig door.

Claudia schiet haar short en haar bloesje aan die ze de vorige avond heeft klaargelegd. Ze rent naar het raam en tuurt omlaag. Het is al licht, de zon schijnt al. Het strand is nog verlaten. Heel in de verte ziet ze een paar stipjes van mensen die gaan zwemmen voor het ontbijt.

,,Help, help!"

Claudia tuurt en tuurt. Op het platform ziet ze iets bewegen. Of eigenlijk is het niet op het platform. Het is iets lager, tussen de ijzeren, rood gemeniede binten die het platform ondersteunen. Is dat niet de blauwe handdoek van tante Hennie die daar ligt?

Nu herinnert ze zich plotseling dat tante Hennie de vorige avond heeft gezegd, dat ze 's morgens vroeg zou gaan zonnen. Ze was namelijk bang te verbranden, maar wilde toch bruin worden. Daarom had ze de morgen uitgekozen, dan brandt de zon nog niet erg.

Claudia rent de kamer uit, vergeet in haar opwinding de anderen te wekken. Ze drukt op het rode knopje van de lift. Direct is de lift bij haar. Hij schijnt op de zevende etage gestaan te hebben. De deuren gaan automatisch open en Claudia springt erin. Zij drukt op het knopje waar een P bij staat. De P van parterre.

Beneden springt ze uit de lift, rent de vestibule door, kijkt goed uit op de boulevard en steekt dan over.

„Help, help!"
Het is de stem van tante Hennie. Claudia hoort het nu duidelijk. Eindelijk schijnen ook andere mensen het wanhopige hulpgeroep van tante Hennie gehoord te hebben. Er verschijnen slaperige ogen voor de ramen, maar niemand maakt aanstalten om beneden te komen om te zien wat er aan de hand is.
De schrik slaat Claudia om het hart. Werkelijk, daar bungelt tante Hennie vlak onder het platform aan een ijzeren stang. Ze hangt aan haar armen. Blijkbaar is ze van het platform gegleden toen ze aan het zonnen was en heeft ze zich op het laatste nippertje nog kunnen vastgrijpen. Nu kan ze echter niet omhoog en beneden haar zijn weer andere stangen en diep onder haar – zeker een meter of zes – het strand met grote keien en kiezels.
„Ik kom bij u, tante!" roept Claudia.
Ze beklimt de trap van het plaform.
„Vlug!" smeekt tante Hennie. „Ik kan me niet langer houden."
Als Claudia op het platform staat, begrijpt ze waarover tante Hennie is uitgegleden. Ze glijdt er zelf namelijk ook bijna over uit. Het is een sliert groen zeewier! Claudia buigt zich over de rand van het platform en steekt haar rechterarm uit. Het hopeloze van de situatie ziet ze echter direct in. Ook al zou tante Hennie de hand van Claudia kunnen grijpen, dan nog kan Claudia haar niet optrekken.
„Wacht!" roept Claudia. „Ik ga hulp halen. Houd vol, tante!"
Claudia rent de trap van het platform af. Voor de ramen ziet het nu zwart van de mensen. Armen worden uitgestoken. Niet om te helpen, o nee! Om het meisje aan te wijzen dat haar hulpactie is begonnen.

Claudia snelt naar een paal met een kastje eraan. In dat kastje zit een reddingsboei met een lang touw. Ze raapt een steen op en gooit daarmee het glas van het kastje stuk. Met een andere steen slaat ze vlug de glasscherven uit de randen.

,,Help, help!'' smeekt tante Hennie.

,,Ik kom, tante!'' gilt Claudia. ,,Nog even!''

Ze rukt de reddingsboei met het touw uit het kastje, bezeert toch nog haar hand aan een achtergebleven glassplinter, maar op dit ogenblik merkt ze het niet eens.

,,Help, help!'' roept tante Hennie weer.

Haar stem klinkt nu zwak, alsof ze uitgeput is.

Claudia rent de trap van het platform weer op. Ze loopt voorzichtig over de planken en laat dan de reddingsboei omlaag zakken, tot over het hoofd van tante Hennie. Dan loopt ze met het touw naar een grote ijzeren ring die op het platform is bevestigd en draait daar het touw doorheen.

Weer buigt Claudia zich over de rand van het platform.

,,Tante!'' roept ze. ,,Eerst uw ene arm door de reddingsboei en dan de andere!''

,,Ik kan niet!'' roept tante Hennie.

Claudia aarzelt even. Dan hurkt ze en gaat aan de rand van het platform hangen. Voor Claudia is dat niet erg moeilijk, omdat ze op gymnastiek altijd een goed cijfer haalde en vaak aan het wandrek of de ringen heeft gehangen. Voorzichtig balanceert ze naar tante Hennie toe. Zij klemt haar benen om een ijzeren bint, laat haar handen los en hangt nu geheel aan haar benen. Nu ze haar handen vrij heeft, kan ze tante Hennie helpen. Ze trekt een arm van tante Hennie los en duwt dan de reddingsboei verder om-

118

laag. Het is nu de bedoeling dat tante Hennie haar arm door de boei heen steekt, zodat de boei in haar oksel komt te liggen.

Het lukt allemaal echter niet zo goed, als Claudia gehoopt heeft. En tot overmaat van ramp voelt ze, dat ze begint te glijden. Het touw van de reddingsboei schijnt niet goed in de ring op het platform bevestigd te zijn.

,,O!'' gilt tante Hennie. ,,Leen, man! Ik kan niet meer!''

Dan laat tante Hennie los. Haar vollge gewicht komt nu op de boei te rusten. Die zakt langzaam met tante Hennie aan het lange touw omlaag. Allengs gaat het vlugger, tot het touw definitief van de ring losschiet en tante Hennie gillend tegen de grond smakt.

Kreunend blijft ze liggen en verroert zich niet. Nu

119

achten de mensen achter de ramen het ogenblik gekomen om naar buiten te gaan. Sommigen verschijnen zelfs in pyjama en ze verdringen zich allemaal om tante Hennie.

Tante Hennie wordt in velerlei talen toegesproken, maar ze geeft geen antwoord. Ze moet de hevige pijn in haar rechterbeen verbijten. Verder heeft ze tal van schaafwonden opgelopen.

,,Hé!" wordt er plotseling in het Nederlands geroepen. ,,Daar hangt er nog een!"

Een gespierde jongen bedenkt zich niet lang. Hij rent de trap van het platform op. Laat zich als een aap omlaag zakken tot hij bij Claudia is gekomen.

Claudia hangt nog steeds aan haar benen, kan haar handen niet meer terugplaatsen. En langzaam glijdt ze langs de schuine, gladde bint verder. Ze heeft een gevoel of haar rug gebroken is. Dan heeft de behendige, gespierde, gebruinde jongeman haar echter beet. Met een zwaai drukt hij haar handen terug op een hogere bint. Hij klimt verder voor haar uit. Dan gaat hij op het platform liggen en trekt hij Claudia als een trapezewerker op het platform.

Uitgeput blijft Claudia liggen en barst ze in tranen uit.

,,Kalm maar," zegt de jongeman en legt een hand in Claudia's hals.

Dat doet haar goed, ze wordt er helemaal rustig van en ze denkt zelfs even aan het heerlijke ogenblik dat ze met Peter Geuts danste op Diana's verjaarspartijtje.

,,Nu gaat het al weer, zie je wel!" zegt de jongeman.

Hij helpt Claudia overeind en samen dalen ze de trap van het platform af. Om tante Hennie is een grote oploop ontstaan. Er is zelfs een politieagent verschenen en enkele vissers staan druk te gebaren. Het lijkt

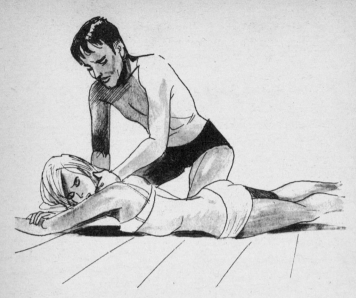

wel of ze tante Hennie als een heel bijzondere vis, of
een zeemeermin in het net hebben gevangen.

,,Probeert u eens op te staan!" zegt de Hollander.

,,Ik kan niet!" kreunt tante Hennie.

,,Probeer het eens!"

,,Nee, nee!" roept een ander. ,,Liggen laten. Niet aan-
raken!"

Dan verschijnt er een dokter. Het is geen Hollander.
Het is een klein mannetje met kort geknipt stoppel-
haar en een dito snorretje boven zijn lip.

Hij begint het been van tante Hennie te betasten, kijkt
woedend omhoog als het publiek zich steeds meer
voorover buigt en het steeds donkerder wordt in de
omgeving van de dokter en tante Hennie.

De dokter schreeuwt een paar woedende woorden en
dan gaat de agent zijn plicht doen. Hij zwaait met een
klein knuppeltje en jaagt de mensen weg. Daar blij-

ven ze staan kijken met gezichten, alsof ze elk ogenblik stenen zullen gaan gooien.

,,Cassé!" zegt de dokter dan.

17

Het rechterbeen van tante Hennie blijkt gebroken te zijn. Ze wordt naar het ziekenhuis gebracht van San Remo. Andries, Claudia en oom Leen gaan mee.

,,Dat had ze ook niet kunnen denken!'' fluistert Claudia.

,,Wie denkt er nu aan dat hij een been breekt!'' zegt Andries nors.

,,Nee, dat bedoel ik niet!''

,,Wat bedoel je dan?''

,,Tante Hennie heeft beloofd voor mij een songfestival in San Remo te organiseren. En nu is ze in San Remo, maar niet voor een songfestival. Nu is ze hier om haar been in het ziekenhuis te laten zetten.''

Claudia kijkt naar tante Hennie op de brancard. Pareltjes zweet kleven op haar voorhoofd. Tante Hennie slaapt. Ze heeft een kalmerende inspuiting gehad, die tegelijkertijd goed hielp tegen de pijn.

In het ziekenhuis mogen ze op de gang wachten, terwijl tante Hennie weggereden wordt.

,,Zou tante Hennie in het ziekenhuis moeten blijven?'' vraagt Claudia.

,,Afwachten!'' zegt oom Leen ernstig. ,,Eerst moeten er foto's gemaakt worden.

Het wachten duurt heel, heel lang.

Eindelijk wordt tante Hennie naar buiten gereden. Claudia, Andries en oom Leen zien direct wat er gebeurd is. Het hele been van tante Hennie zit in het gips. Tante Hennie is weer bij bewustzijn en ze lacht zelfs flauwtjes.

De brancard wordt tot vlak bij de plaats gereden, waar Andries en Claudia op een bank zitten. Oom

Leen staat een eindje verderop.

,,Zo, nu kunnen de mensen ook eens zien dat ik met vakantie geweest ben,'' zegt tante Hennie.

Het klinkt een beetje trots en ze lacht er zwak bij.

,,Naar de wintersport!'' voegt ze eraan toe.

,,Maar het is nu geen winter, kindje!'' zegt oom Leen.

,,O nee?'' vraagt tante Hennie. ,,Kun je nu geen benen breken bij het skieën?''

,,Jawel, maar dan moet je in de bergen gaan zitten, kindje!'' zegt oom Leen.

De vakantie is niet mooi geëindigd, want dit betekent het einde van de vakantie in Ventimiglia, dat staat wel vast. Er wordt tante Hennie echter geadviseerd nog een paar dagen uit te rusten en plat te blijven liggen. Daarna mag ze lopen zoveel ze wil en mag ze ook weer in de auto. Daarom wordt er besloten om de week vakantie maar vol te maken.

Niemand geniet meer echt van de vakantie. Om beurten moet men de wacht houden bij tante Hennies bed, want het zou heel vervelend voor haar zijn, als ze alleen op de kamer moest blijven liggen, terwijl de anderen pret maakten.

,,Jij krijgt een heel mooi cadeau van me voor je hulp, Claudia,'' belooft tante Hennie, terwijl ze Claudia over het blonde haar strijkt.

,,Daar heb ik het niet om gedaan, tante!'' zegt Claudia zacht.

,,Wil je niets hebben?'' vraagt tante Hennie.

,,Jawel,'' antwoordt Claudia kleintjes, ,,maar het hoeft niet!''

,,Krijgen ik en vader ook wat voor de schrik?'' informeert Andries.

Hij en oom Leen hebben direct al hun handtekening op het gips geplaatst toen het hard was. Claudia, Jo-

landa en Diana niet. Die houden niet van dat soort grapjes.

,,Jullie!'' roept tante Hennie uit. ,,Jullie lagen in je bed te snurken toen ik in doodsnood was! Bah! Eigenlijk een schandaal, dat je naaste familie...''

,,O, maar het is heel toevallig dat ik u hoorde,'' probeert Claudia haar oom en haar neef te verdedigen. ,,Ik droomde net van Diana Timmers dat die in een afgrond was gevallen en om hulp riep.''

,,Heus?'' vraagt tante Hennie achterdochtig.

,,Ja, tante!''

,,Hoe dan ook,'' beslist tante Hennie. ,,Het is geweldig. Je hebt goed je best gedaan, en... er wordt nog meer van je verlangd.''

,,Ja, tante?'' vraagt Claudia.

Ze weet niet wat tante nu nog wil. Of bedoelt tante

Hennie dat ze steeds de wacht moet houden bij haar bed, omdat ze kwaad is op de andere doorslapers en ze die niet om haar heen wil hebben.

„Ja," zegt tante Hennie. „Ik wilde vragen, of je de hele vakantie in Wassenaar wilt blijven om in de winkel te helpen. Er zijn nu weer dezelfde moeilijkheden als eerst. Binnenkort kan ik wel lopen, maar een mevrouw in de winkel met een been van gips lijkt me niet zo staan. Begrijp je dat Claudia?"

„Ja, ik begrijp het, tante."

„En bovendien zit ik nog vol pleisters en verband!" roept tante Hennie. „Het zou werkelijk geen gezicht in de winkel zijn.

„Kijk eens, tante!"

Claudia steekt haar hand op. Ook op haar hand zit een pleister. Het is de hand die ze aan een glassplinter heeft verwond.

„O," zegt tante Hennie. „Als we in Wassenaar zijn, is dat al lang over. Maar dit beroerde been blijft nog voorlopig zo."

„Hoe lang?" vraagt Claudia.

„Minstens zes weken!" zegt tante Hennie.

Dan springen de tranen in haar ogen.

„Het zou net gaan," zegt Claudia. „Als dan het gips eraf kan, komt het wat de tijd betreft precies uit. Ik heb nog zes weken vakantie als we in Wassenaar zijn!"

„Ik zal je wel trouw terzijde staan, hoor Claudia!" zegt Andries gul. „En ik wed dat Diana en Jolanda ook wel een handje uit de mouwen willen steken in de supermarkt!"

Tante Hennie sluit haar ogen. Ze is gerustgesteld. Ze weet dat ze zich niet bezorgd hoeft te maken over de zaak. Bovendien zal oom Leen, direct als hij thuis is,

126

advertenties in de kranten plaatsen voor nieuw personeel. En dan zal hij nu mannelijk personeel vragen. Mannen lopen niet zo gauw weg als meisjes!

,,Het zal een feest worden, als de dokter over zes weken komt!" roept Andries uit.

,,Ja en dan geef ik ook een feest!" roept tante Hennie. ,,Het in het water gevallen songfestival van San Remo organiseer ik dan in Wassenaar. Ik huur een zaal, ik laat kaarten drukken, ik nodig de burgemeester uit en de dames van het Johannahuis en de freule en barones Van Ommeren!"

,,Jaja!" zegt Andries. ,,En dan komt de dokter met een grote hamer en die slaat het gipsen been aan diggelen. De stukken gips vliegen je om je oren. Het lijkt een beetje op sneeuwballen gooien!"

Tante Hennie lacht hartelijk. Claudia is opgetogen dat tante Hennie weer kan lachen. Ze heeft angstige ogenblikken meegemaakt en het had best mogelijk geweest dat het haar zo'n shock had gegeven, dat ze weer haar geheugen kwijtraakte. Haar geheugen blijkt echter perfect te zijn.

In Wassenaar krijgt Claudia op een dag een zwaar pak in haar handen geduwd. Het is de beloning voor haar moedige redding, want wie weet hoe erg het met tante Hennie afgelopen zou zijn, als Claudia niet had ingegrepen.

,,Gauw openmaken!'' roept Andries. ,,Ik wed dat het een keisteen is van het strand van Ventimiglia. Met inscriptie: Doe altijd zo je best, Claudia!''

Claudia schiet in de lach. Met trillende vingers peutert ze het papier van het pak. Er komt een doos uit en in die doos zit een prachtig fototoestel.

,,Als moeder nog eens mocht vallen,'' zegt Andries, ,,kun je haar eerst fotograferen. Een aardige herinnering voor later!''

En dan schiet hij in een bulderende lach.

Het volgende deel heet:

MOOI WERK, CLAUDIA!